〔日〕青木祐子 著

邢利颉 译

财务部的森若小姐

这个不可以报销 ⑥

台海出版社

◇

千本櫻文庫

◇

文库，原本是指收纳书物的仓库和书库，也指收纳书与记事簿，以及不常用物品的小箱子。以前者为例，京浜急行线的"金泽文库站"就是以前镰仓时代北条氏用来收藏汉书用的，"金泽文库"名字的由来便是如此。东京都的世田谷区也存在着收集着珍贵汉书的"静嘉堂文库"。后者则更多地被称为"手文库"。

江户时代以来，可以放入袖袂的小开本书籍逐渐流行起来，被称为"袖珍本"。明治三十六年（1903 年），富山房发行了小开本的丛书，起名"袖珍名著文库"。随后，明治四十四年（1911 年），讲述战国时代的猿飞佐助和雾隐才藏系列故事的讲谈社"立川文库"发行出版。讲谈是日本民间艺术，以口语化的方式讲述历史故事的形式。而"立川文库"则是将讲谈收录成册集中出版的丛书，据统计，当时刊行量为 200 册左右。从那时起，文库就脱离了原本的释意，逐渐演变成了现在的类书集丛。

文库说法借鉴了日本出版业界的传统说法。而千本樱源自日本奈良县吉野山樱花盛开的奇景，世人皆称"一目千本樱"来形容樱花美景。千本樱文库的纳入作品皆为日系作品，题材包括推理、悬疑、幻想、青春、文化等类型，正如千本樱满山盛开的绝景。

现代日本，以"文库"命名刊行的丛书系列有200种以上，所谓"文库本"只不过是统称而已。日本传统的"文库本"常用的是A6尺寸的148mm×105mm，也叫"A6判"。千本樱文库的所有书籍将在"文库本"的基础上提升，达到148mm×210mm的开本标准。追求还原的前提下，力图带给读者更清晰的阅读体验。

明治维新以来，日本文坛迎来了爆发期，涌现出了众多文豪级的作家。受到许多名作的影响，日本的出版社也从中受益，得到了突破性的发展。各家出版社为了传承文化、加强创新，纷纷设立了"文学新人奖"，用以发掘年轻作家。"NOVEL大奖"是1983年由集英社主办的公募文学奖，主要以同社的"Cobalt文库"以及"ORANGE文库"的读者为对象，向社会募集优秀作品。投稿作品类型不限，给予作者广阔的创作空间。

青木祐子2002年凭借《我的摩托车》获得第33届"NOVEL大奖"，由此走入了大众的视野。本作《这个不可以报销》是青木祐子创作的最新系列作品，全文通过财务部员工森若沙名子的日常工作内容，向读者展示了职场内部的人情百态。根据原作改编的同名电视剧，令书中的人物形象更加丰满有趣。这是一本真实而又轻松的职场小说，还请读者尽情享受。

千本樱文库编辑部

本格

《巫女馆的密室》
《圣女的毒杯》
《哲学家的密室》
《衣更月一族》

《美浓牛》
《少年检阅官》
《宛如碧风吹过》

日常

《推理要在早餐时》
《会错意的冬日》
《喜鹊的计谋》

《午夜零点的灰姑娘》
《谷中复古相机店的日常之谜》

科幻

《电子脑叶》
《复写》
《蒸汽歌剧》

《巴比伦》
《里世界郊游》

悬疑

《千年图书馆》
《鲁邦的女儿》
《狂乱连锁》
《神的标价》

《恶意的兔子》
《癌症消失的陷阱》
《沉默的声音》
《死之泉》

轻文芸

《戏言系列》
《忘却侦探系列》
《弹丸论破雾切》
《这个不可以报销》

《天久鹰央的事件病历表》
《吹响吧!上低音号》
《宝石商人理查德的谜鉴定》

千本樱文库

目录

CONTENTS

·森若沙名子·

财务部员工，28 岁，
以恰到好处的完美生活状态为目标，座右铭是"不要追兔子"。

·山田太阳·

销售部的王牌，27 岁，爱慕着沙名子。

·佐佐木真夕·

财务部员工，沙名子的后辈，
十分热爱公司，但常因粗心大意而出错。

·麻吹美华·

财务部的新员工，通过社会招聘中途加入公司，
比沙名子年长三岁，喜欢的话是"公平、守法、双赢"。

·玉村志保·

总务部员工，负责人事工作，为人具有攻击性，对美华心怀向往。

·有本玛莉娜·

董事秘书，盛气凌人。

·山崎柊一·

个人业绩万年第一的销售部真王牌，33 岁，是山田太阳憧憬的对象。

·田仓勇太郎·

财务部员工，沙名子的前辈，
性格中有神经质的一面，和高大体型并不相称。

第一话

交到男朋友之后，
女人就变了啊

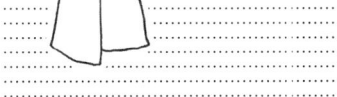

"森若小姐，请问订购制服的费用找你们财务部申请就行了吗？"

宣传科的室田千晶仿佛终于下定决心般对沙名子开了口。

四月已经过半。午后，沙名子独自待在财务室里。新发田部长和勇太郎正在开会，真夕有事去咨询总务部，美华则因员工进修而前往公司位于静冈的工厂出差一周。

沙名子手头的决算文件计算工作已经告一段落，她打算趁着打印时间去给自己泡杯红茶。

"你指员工制服？"

她刚要取马克杯，听到千晶这么说，便停下了手，反问回去。

千晶穿着圆领的本白色女士衬衫，外罩一件淡绿色的开襟毛衣，脚上则是一双黑色的低跟浅口皮鞋。这身打扮看着干干净净，很符合接待员的职业身份，可却不是制服。

在天天股份有限公司，只要有女员工想穿制服，公司都会配给下去。虽说不管穿什么服装，员工享受的待遇都不会发生改变，可被问及穿制服的理由时，却没人答得上来，好像就是由本人随意决定的。像在财务部里，沙名子和真夕都会换上制服，而美华就穿着自己的衣服。

千晶是宣传科的非正式员工，主要任务是在一楼的展厅内担任接待人员，此外还会做一些科内的杂务工作。今年应该已经是她来"天天"的第三个年头了，想要件制服也不奇怪，倒是她至今都不穿制服才让人觉得不可思议。

"是的，我希望从今年开始穿着制服工作，所以来请教一下该去哪里付钱。"

"我记得制服的费用不由工作者承担，请你去总务部申请吧。"

"我也这么觉得……但听人事科说制服不是免费提供的……"

千晶说到一半就把话憋了回去。

她又大又黑的双瞳正凝视着沙名子。平时的她既活泼又开朗，可今天却失去了笑容。

沙名子稍稍有些防备。

她们两人曾聊过私事，那时，千晶向她表明了自己想成为正式员工、想结婚的真心以及年满二十八岁之后的焦虑。

或许是因为同龄，千晶似乎对她抱有微妙的亲切感，但在工作之外还找她谈心就很让人头大了。

"也就是说，员工要自掏腰包买制服了，对吧？我头一次听说这回事。"

沙名子问道，却见千晶低下了头。

"我也不清楚。其实我去年听了你的建议，去找后勤科的横山小姐申请更衣柜了，当时她跟我说，如果我需要，也可以给我配制服。

可是7号尺寸没有备货，麻烦她特地帮我去取一次也很不好意思，于是我就对她说可以等到四月，和新入职的员工们一起下单订购，这样总务部也能轻松些。眼下已经是新的一年，我重新找人事科的玉村小姐提出申请，但……"

横山窗花是后勤科的，如果7号制服有库存，她确实可以直接给千晶，然而在年度统一招新的时候下单定制可就归人事科管了。

"横山小姐把这件事转达给人事科了，是吧？"

"是的，她应该是先和新岛部长确认过再去联系玉村小姐的，不过玉村小姐却说制服要自己花钱买，所以不能帮我一起订。我确实记得制服费用由公司负担，难道这只对正式员工适用吗？"

"在我的印象里，好像从没有过员工自己掏钱买制服的先例……非正式员工也没有。当然了，订制服需要给制衣厂付钱，不过那些钱都是总务部出的。"

沙名子一边回想，一边答话。

天天股份有限公司有很多非正式员工，在工厂打工或做兼职的男男女女人数众多，包括离沙名子较近的茨城研究所亦如此。那里有一位负责后勤工作的女性，时而会穿制服上班，时而则穿自己的衣服。

而沙名子至今都未处理过任何一张需要由他们个人承担费用的制衣厂催款单或者发票。

"是吗……那可能是玉村小姐搞错了吧？"

"玉村小姐说制服要收费？"

"是的。我还想再问问具体的说法，但她结束了对话，好像是不想再谈了，所以我才来找你的。"千晶轻轻点了点头。

沙名子想起人事科的玉村志保其人，只记得对方三十出头，单身，而且对总公司的情况和人事科的工作其实都还不太熟悉。因为她是两年前左右从大阪销售点调过来的。

志保对天天股份有限公司以及其他所有公司的员工制服都没有好感，之前她还问过沙名子为什么要穿，甚至对她说一个成熟的人不该放弃自由！沙名子当时大吃一惊，毕竟她说话的语气比内容本身更加富于攻击性。

除此之外，虽然窗花（后勤科）和志保（人事科）都属于总务部，但两人关系很糟。

志保几乎不会在茶水间或更衣室内与人谈笑风生，外加她似乎也很讨厌公司内部八卦和女同事们不痛不痒的客套话，为人冷淡。尽管千晶在工作上和她没什么交集，不过沙名子认为千晶应该能感受到她身上散发出的那种不悦感。

"我没有批准的权力，因为我不知道公司的相关规章是否已经改动过了。"

沙名子说道。归根结底，拨款与否并不归财务部管。

"如果制服要钱，我倒是愿意付啦……"

"别这么说啊，还是请你去确认清楚。"

沙名子也知道和玉村沟通很累，她强忍着没把这个想法也一并说出口。

不知千晶是否对"非正式员工"这一身份抱有"低人一等"的感觉，总之她常会在该报销的时候考虑自掏腰包。这真是个坏习惯。一旦操作上出现差池，财务部也会连带着摊到麻烦。

"玉村小姐本周在忙静冈那边的员工进修活动吧？"沙名子问道。

天天股份有限公司会给新进员工安排进修，上周的内容是了解物流中心和相关设施，而本周开始则要奔赴静冈工厂进行实习，通过社会招聘入职没多久的美华也和新员工们一起前往静冈，整个活动应该都是由志保负责的。

沙名子想着，常规的财务工作应该在耗时如此之长的出差前就结掉，但没想到千晶听后却微微摇了摇头，回答说："不，玉村小姐好像没去静冈。"

"这样吗？"

沙名子启动财务系统软件，简单搜索了一下。

总务部并没有下过制服订单，但新进的制造部员工必须穿工装，而且年初时就有人提过想要新的工装或制服。

"今年没办过制服采购相关手续啊，也可能还未申请，难道是横山小姐没跟玉村小姐说清楚吗？总务部年初也是很忙的，你可以再拜托她们一次试试。"

"说得是。森若小姐，谢谢你啊。"

千晶轻轻点头，然后走出了财务室。她的开襟毛衣后腰处缝有一根丝带，松松地系成一个蝴蝶结，非常可爱，很有她的风格。绿色的蝴蝶结在她纤细的腰部轻盈地晃动着。

千晶离开后，沙名子泡了一杯苹果茶，拿起打印好的文件回到办公桌上。

在着手处理工作前，她打开了天天股份有限公司的员工网站。

它是由总务部制作的，只允许员工访问。

网站上登有公司内部新闻、领导层的采访以及一些指导方针，但因为和工作没什么关系，沙名子几乎从不浏览。她要看的是当季新动态。

最新的内容是"新入职员工介绍页面"，更新于四月初。这也是公司的惯例。

她机械性地点开各人的档案，开始查看。

今年新入职的有六人，页面上展示了各人的照片及自我介绍。

这个人数比往年要多，工厂那边有正式和非正式员工共三人，其余三人则分别在制造部、总公司销售部和大阪销售点。总公司的那位新员工是男性，头发染成茶色，已经确定会被分入宣传科。

——宣传科……

沙名子从新员工介绍页跳转到员工页面，上面没有照片和个人档案，只有各部门员工的姓名一览表。

室田千晶作为"非正式员工"登记在宣传科下方。

对此，沙名子虽然心里有数，但心情仍然沉重了起来。

估计千晶申请了转正，结果却还是"再议"。她一直等到四月统一增订制服的节点，或许是在期待自己能从展厅的接待人员升为正式员工。而既然没能成功，她应该也认真考虑过辞职，不过最终还是决定继续当个非正式员工照常工作下去。

千晶很认真，工作上既肯干又有能力，即便不是正式员工，也爱着公司，对商品亦相当了解。与其招一个不知根底的陌生新人，还不如把她正式收编。

她今年二十八岁，和沙名子同届……

包括刚才，她那种与生俱来的明朗感都不见了，感觉像是想借制服起个话头，好和沙名子谈谈。

沙名子也觉得千晶没能转正很可惜，可是却无法把话说出口，毕竟这简直就像是在对方的伤口上撒盐。

"森若姐，你现在方便吗？"

沙名子还想着千晶的事，真夕就抱着一堆文件回到了财务室。

她去了一趟总务部。每当年度交替时便会有很多繁杂的计算工作，她已经连续好几天都摁计算器摁到头大了。

"我有几个保险费的计算条件搞不明白，你能帮我看看吗？我也问过总务部了，但还是把握不住要领。"

"平松小姐不在？"沙名子把马克杯放在桌上问道。

总务部的平松由香利进公司已经快二十年了，非常资深，对劳务管理、社保资金等了解得比谁都清楚，真夕经常向她提问，因此她俩之间的往来也多。

"由香利姐现在正和参加进修的新员工们一起待在静冈呢，她的差旅计划表还是我处理的，于是我刚才就改问志保小姐了，不过总觉得她自己好像也不是很懂，说了一半就没声了。"

"今年是平松小姐负责员工进修工作？"

沙名子说道，看来事实就和千晶方才说过的一样。

"东京内的进修是志保姐来弄的，但静冈好像就不一样了。总务部说是设有不同科室，实际上工作分配还是乱七八糟的，由香利姐不在我可就头疼了，真希望她快点回来。"

沙名子心想，既然玉村志保没去静冈，那时间上应该是有空的，至少足够听千晶说明详情并下单订购制服了。

"能告诉我你哪里弄不懂吗？"沙名子往自己的文件上贴了一张便笺，问道。

美华不在，真夕便暂坐到了她的座位上，翻开文件；沙名子则拿过笔和计算器，将多余的事从脑海中驱逐出去。

"我还是觉得望仔最可爱！"

沙名子走进更衣室，发现女同事们正坐在沙发上，看着笔记本电脑说说笑笑。

希梨香处在中心位置，当年她和真夕是同一批入职的。

而真夕就坐在她边上，总务部后勤科的横山窗花则在她的另一侧。

志保站在角落里的更衣柜前，仍旧身着工作时穿的黑裤子和白衬衫，未佩戴任何饰品。她背对着希梨香她们，取出大衣，仿佛在昭示自己不会参与任何闲谈的决心。

更衣室一角有一块用窗帘隔出的小区域，女员工们称它为"试衣间"，眼下有人正在使用。沙名子有个工作期间专用的小包，她一边将里头的东西放到上下班路上背的挎包里，一边等着试衣间腾出空位来。

最近加班多，她已经很久没赶上这种更衣室里人多热闹的时间点了。

"望仔吗……我觉得他的发型和气质都很'装'欸。你看他的个人简介，居然把'想交女朋友'啦、'请约我一起去吃午饭'啦都公然写出来了。染茶色头发的人果然不够认真。"

真夕说道，不过她自己喜欢的男性音乐人好像也是一头紫发。

希梨香她们似乎是在"验"今年新入职的员工。这位"望仔"就是被分到宣传科的那个男生，沙名子记得他姓"望月"来着。

新人们可是当季的话题，连沙名子都不知不觉去员工网页看了看。介绍新员工的页面（还附带每个人的照片）就是为此而生的。

"不不不不，真夕啊，你可不能小看他，能被这种人'钓'到的女孩子确实是够傻的，但人家本来就只瞄准了笨女人哦。轻浮男行动力强，认真工作几年之后进步会很大，太阳不就是这样的嘛。宣传科很忙的，所以望仔很可能也会走上同样的路哦！"

——为什么突然提到太阳啊？

沙名子本想无视，不过还是不由得听起了她们的对话。

试衣间的窗帘拉开了，有人走了出来。

原来是千晶。沙名子松了一口气，走进试衣间；而千晶看到等着自己出来的人是沙名子，便轻轻点了点头。

千晶穿着粉色的针织衫，衣服上飘出柔软剂的鲜花芬芳，项链坠子和耳钉也都十分小巧。再加上她会在工作时穿女士衬衫，可以看出她喜欢那些素净又有女人味的服装。

"我比较中意这个制造部的男生，细看绝对是他的五官更端正，只要化个妆估计就比望仔还帅了。"

"一般男生哪会化妆啊——咦？兴趣是看综艺娱乐节目……我能说这很无聊吗？"

"不花钱的爱好不是挺好的？"

"我可真弄不懂真夕你的兴趣啊——窗花姐你比较喜欢哪个？"

"这个嘛——我对年纪比我小的男性不太'感冒'。"

"窗花姐你喜欢对别人撒娇，是吧？那么这个非应届新人呢？"

"呃，他都是个老头子了好吗！不过——等等，他是从非正式员工转正的啊，那工作上肯定很能干，我们工厂开出的薪水也很不错，他搞不好是个理想目标哦！"

"单身吗？"

"他没写！填档案时，起码给我把婚姻状况好好交代清楚啊！这可是重要情报！"

更衣室里欢声笑语不断，沙名子在试衣间里一边解半身裙的扣子，一边苦笑着。尽管她并不想参与对话，不过在旁听听倒也有趣。

"我觉得他们每个都很傻，你们就不会再想点其他问题吗？"

一句轻声的话语响起，四周的空气都凝固了。

沙名子拉开试衣间的围帘。

她满腹疑惑地换完了衣服。

只见穿着双排扣外衣的志保就站在更衣室的门边，回头正对着沙发。她那毫无光泽的黑发披在肩上，脸上几乎没带任何妆。

她将双手插在兜中，斜着眼睛看着整个更衣室。

看到最后几秒，她的视线似乎停留在沙名子身上。

"交到男朋友之后，女人真的就变了啊。"志保说道。

她的眼神中带着近似于轻蔑的情绪，在一一确认了女同事们凝重起来的脸色之后，便迅速扭头离开了。

沙名子下意识将开襟针织衫的前胸处捏拢，身旁的千晶则拿着口红，惊慌地看向门边，而她的更衣柜就在试衣间边上。

"什么情况啊？我说错话了吗？"希梨香嘟嘟自语道。

"新进员工的介绍页是志保小姐做的，她可能觉得我们是在说这页面弄得不好。"真夕圆滑地给了回应。"嗯……算了，反正跟她打交道，搞成这样也是难免的。啊呀，森若姐，你这条裙子好可爱！"

沙名子朝门口走去，正打算撤退，省得被卷入眼前的微妙氛围之中，希梨香就眼尖地看到了她的打扮。

"谢谢。"

"你今晚有活动吗？"

"我直接回家啊，先走了哦。"

沙名子走出了更衣室。

她有些郁闷，心想自己走后肯定会变成她们的话题，但即使介意也无可奈何。

一出公司，她的手机便响了起来。她握住手机，快步赶向车站。

"我已经到了！"

"今天我不吃蛋糕了！"

"过会儿去吃他个三百克的和牛脊肉！"

"你可真棒。"

果然是太阳发来的短信。她不知如何回复最为恰当，但总之先夸了再说。

反正太阳这人，一旦受夸，就会有些轻飘飘的……不，就会愉快起来。他无论做什么，都带着一种"不愧是我"的想法。如果他会因此而小看别人，那固然很讨厌，但事实上他只会以同样的热忱去尊重他人，所以这也可以说是他的优点。

今天是自上次赏花之后，她第一次和太阳两人单独见面。

太阳发来短信说这礼拜已经过了一半，他非常想吃肉，而沙名子的决算工作也差不多按计划完成了，于是两人便约好去一家老牌的西餐馆。据说那里的和牛脊肉非常不错，他们打算试试。

虽然交往起来有很多麻烦事，不过找馆子倒真是两人一起会更容易些。

——原来交男朋友还能收获这种便利。

沙名子穿着格子花纹的百褶裙，褶子打得非常漂亮，她觉得自己仿佛穿着洋装礼服。其实这种裙子感觉很难配衣服，她去站前大厦看了三次才终于买下它，不过能在这种时候派上用场倒也不错。

她一边往他们约好碰头的"罗多伦"前行，一边看着自己映在玻璃中的身影。

她认为自己的样貌打扮依然很随大流，只是从一个没有男友的二十七岁单身姑娘变成了一个有男友的二十八岁未婚姑娘而已。

这也没什么大不了的，即便自己这位男友和预想中的有些不同。

"交到男朋友之后，女人真的就变了啊。"她的脑海中突然浮现出志保刚才的话。

尽管她嘱咐过太阳要对两人的恋爱关系保密，在公司里也打算对他继续保持一贯以来的态度，不过还是要多加小心，不能大意。

话说回来，千晶最近也交上了男友。

她正和同事立冈交往。立冈是太阳在销售部的前辈，似乎会在工作间隙跑去她所在的展厅，因此只要稍加观察便能发现。

沙名子琢磨着，先前在更衣室时，志保看的好像是千晶。

——她很讨厌千晶？所以在对方找她申请制服时才会不肯直接批准吗？

可沙名子总觉得，志保虽然不易接近，但也不会故意惹人不快。

然而，就在此时，沙名子脑海中突然浮现出一件非常让人不快的事，便赶紧打消了念头。她可不希望回想起这些。

走着走着，她来到了和太阳约好的"罗多伦"门口。

太阳就坐在临街窗口边的桌子前。

他身上的西装皱皱的，开开心心地吸着杯中的饮料，饮料上挤着满满的奶油。就像他所说，没有点蛋糕吃。

他透过玻璃窗看到了沙名子，随意挥了挥手，然后开始往对面的沙发座上挪。

她也轻轻对他挥挥手，裙摆的褶皱随之摇晃，让她觉得心情愉快。

沙名子去总务部的时候，办公桌前只有三人。分别是新岛部长、志保和一位男同事，正如真夕所说的那样，去张罗新员工进修的是由香利而不是志保。

新岛部长的座位背对着窗子，他正边喝茶边看文件。

他的桌上放着一个戴棒球帽的少年和一个三岁左右的小女孩的照

片，旁边是《四季报》和面向大学生的就业情报杂志，明年的人事工作似乎已经开始了。

他是位小个子男人，在公司的管理层中属于年纪较大的一员，已经过了五十五岁，奔着六十岁去了。他熟知公司的各方各面，深受大家信赖，几个月前经熟人介绍而决定录用美华的人正是他。

"玉村小姐，今年的制服订单好像还没发给高村制衣店，差不多可以处理了吗？"

沙名子在归还文件时对志保说道。

志保就坐在新岛部长前方，背后是文件柜。

在工作繁忙的时段，每个部门都会把财务工作押后处理，因此赶在人仰马翻之前就确认各事项并催促他们也是财务部的工作之一。

"有什么不对吗？"

志保操作着电脑鼠标，听到沙名子的话便立刻关上了页面窗口。

她是公司内部网站的制作负责人，原本似乎正在检查希梨香她们前几天浏览过的那个新员工介绍页。

"不，我只是觉得今年好像比往年都迟一些。"

沙名子说完后，志保板起了脸，合上笔记本电脑。

"今年我们公司新招的全是小伙子，工装也都有储备，不用做新的，如果有需要我会立刻处理。"

"也就是说，今年不会去高村制衣店下订单了，是吗？"

"没人需要，那我当然就不订了。"

　　志保说话总是带有攻击性。其实同样的内容完全可以说得更柔和一些，这样做才比较好。

　　不过沙名子也不能说别人什么，毕竟周围的人也很怕她。

　　"我听说有人希望今年起穿制服，对方没来联系过你吗？"她公事公办地问道。

　　只见志保的肩膀抽动了一下。

　　"谁？"

　　沙名子并没有打算责备志保，只需要对方按惯例把请款书流转过来就好了。她知道总务部很忙，要是忘了也不是什么大事，所以她在给对方留了后路的前提下含糊地催促了一下，但对方却没配合她。

　　"宣传科的室田千晶小姐。"沙名子也不再说暗话。

　　"室田小姐不是正式员工吧？"志保眯起了眼，答道。

　　"嗯，不是，不过横山小姐已经批准了，而且非正式员工里也有穿制服的。我确认了一下公司规章，并没有规定说非正式员工的制服费用需要他们本人支付。"

　　"这是室田小姐告诉你的，还是窗花小姐说的？"

　　——为什么这么问？和谁说的有关系吗？

　　"我是在大家闲聊的时候听到的，于是想找你确认一下。如果在五月中旬之前收到请款，那么便可以按新员工福利来归类。若能赶在连休前处理完那就更感谢了。"

　　志保紧盯着沙名子，随后缓缓开口说："我本来就反对制服制度。"

沙名子移开眼神，志保单的双眼没有化妆，目光非常犀利，和她对视让人难以忍受。

"是吗？"

"现代社会的女性还要在职场上穿制服，我觉得这简直太少见了。让女员工都统一着装就证明男人们没有认可女性的个性。我们公司也是这样，真是老古董作风，而且管理层里也没有女人。"

"我不是来探讨普遍观念的，请问能批准室田小姐的申请吗？"

"在我们这样的公司里，女员工们应该团结一致，共同抗争才对。但大家为什么不这么做呢？因为被男性这样看待，反而有女性觉得很开心啊。室田千晶小姐在展厅里穿的衣服不是粉色就是绿色，到底是打扮给谁看呢？"

沙名子听得头大，心里直呼饶命，只想求她一码归一码。而且讲到底，她嘴上说要团结一致，但她在公司里根本就没有要好的女同事啊。

天天股份有限公司的展厅在一楼，关注厅内布置的人是千晶，开始为展厅添加可爱的装饰与文字说明的人也是千晶。她的做法得到了宣传科的认可，口碑也不错，沙名子觉得各部门的访客都会顺道参观展厅，而这亦关系到下次的合作。想不到有员工会认为如此受好评的展厅有问题。

"森若小姐，你为什么穿制服？"

　　志保的矛头指向了沙名子，而她没有回答，只是按公事继续问道："玉村小姐，请问你收到室田小姐的申请了吗？横山小姐应该也跟你提过吧？"

　　"你还没回答我的问题呢，请问你为什么穿制服？"

　　"我没必要阐述自己的意见。"

　　沙名子之所以穿制服，是因为讨厌被人以着装来评判。

　　在公司不需要展现个性，还会弄脏自己的衣服。每天考虑穿什么也很麻烦，下班时换身行头是为了转换心情。总之理由很多，但她没有义务向志保汇报。

　　志保经常都是一副不愉快的样子，不过今天似乎特别严重。她看准了沙名子不再说话的时机，索性继续问个不停："因为你答不上来吧？话说森若小姐，你交男朋友了吧？"

　　"你在说什么？"

　　"没什么，我只是觉得你交了男朋友，所以才会站在室田小姐那边。你之前不也擦了香水吗？"

　　"我不站在任何一边。"

　　志保打开笔记本电脑，毫不掩饰地叹了一口气。

　　"我对你太失望了，还以为你和其他人不一样呢，美华小姐应该能明白我的意思。"

　　"美华小姐？"

　　"嗯，刚进公司的时候，她也说过反对制服，还说这种制度简直不可理喻。脑子聪明的人到底与众不同啊。"

"哦……"

沙名子只对这一观点表示赞同，点了点头。

美华是从外资企业来这里工作的，凡有意见都会直言不讳，听说她一进公司就对人事部发表了不需要制服的言论。沙名子相信这段轶事。因为美华总体上也是个具有攻击性的人。

说起来，志保确实非常钦佩美华。她的入职时间大概在四个月前，或许志保从那时起便和她意气相投了。

"请你确认一下要发往高村制衣店的订单，我刚才也说明过了，要是能在五月过半前弄完请款事项那真是帮了我们大忙。"

沙名子言尽于此，不再多说，从志保的办公桌旁离开。

直到刚才窗花人还不在座位上，可不知何时她已经回来了。在沙名子从她身边经过时，她抬起脸，眉头微皱，似乎是心有同情。

"你也感受到了吧？志保小姐这人真的很难搞，我也很辛苦啊——"窗花的眼神仿佛在诉说着这些，而沙名子假装没有注意到，径直路过，朝大门走去。

她承认志保确实有些坏毛病，但也不愿加入反对志保的女性阵营中去。

"所以啊，我总觉得这事不对头。"

沙名子回到财务室，发现希梨香正坐在真夕旁边的座位上说话。

希梨香大概是在交发票时看财务室里没有别人，就顺便和真夕闲聊几句。这是她的老习惯了，而真夕也停下了手里的活计，边听她说边随便附和。

"也可能是你想多了，再怎么说这也太……"

"不不不，志保小姐说不定真做得出这种事哦，窗花姐的粉饼不就被摔坏了吗？真夕你这么迟钝，可真叫我操心。"

一听到"粉饼"这个词，沙名子吓了一跳，但还是故作镇定开始工作。

希梨香离开财务室后，真夕一脸没精打采地站起身来，拿起马克杯泡了一杯速溶咖啡。

"真夕，出什么事了？"沙名子问道。

她并不想多听闲话，但事关志保，她还是有所在意。

"唉，是这样的……千晶她……"

"你指室田小姐的事？"沙名子不禁问道。

"嗯？森若姐你已经听说了吗？千晶和志保小姐之间有些摩擦，然后她好像去找窗花姐和希梨香商量了……"

真夕说得含含糊糊的。她对人际关系其实也很敏感，不过和希梨香的角度有所不同。

"我什么都不知道啊，室田小姐不久前来问过我制服的事而已。"

"果然，她也没跟我说任何事。不愧是千晶，我就知道她是个沉得住气的人。"

真夕很佩服地说道，她之前在宣传科待过，和千晶关系还不错，但不知道她说这句话到底是出于夸奖还是惊讶。

"室田小姐和玉村小姐之间有什么矛盾吗？"

"也不是多大的事。哎呀，志保小姐不是眼里容不得沙子吗？上礼拜千晶有事去总务部，就被她挑刺了。说区区展厅为什么要改布置啊，还有千晶的着装很有问题啊之类的。千晶那天穿的裙子好像短了点。"

"这样啊。"

"去年窗花姐的粉饼也被摔碎了，虽然到现在还不知道是谁干的，但窗花姐已经认定是志保小姐使了坏。她很担心千晶之后会不会也遇到这些麻烦。"

"原来如此……"沙名子自言自语道。

千晶对希梨香说了情况，而希梨香把这些告诉了真夕，然后她又从真夕这里听来了这件事。她当然不会听过就当真，毕竟窗花和志保合不来，就算前者没有恶意，但也可能会有夸大其词的成分。

"啊，但千晶没有撒谎，她有证据。"

真夕说道，似乎是察觉到了沙名子还心存疑惑。

"证据？"

"是手机录音。听说希梨香和窗花姐从千晶那里听到了录音。所以我觉得志保小姐是真对千晶说了些很难听的话。不过你不觉得千晶的做法也很难评价吗？一般人哪会录音的？看来她也做了充分的准备啊。"

沙名子很意外，原来真夕并没有完全站在千晶那边。

"这是上礼拜的事了吧？"

沙名子说道。她认为千晶肯定是在找她谈过之后去了总务部确认制服相关事宜。

虽然她不知道千晶具体说了些什么，不过如果她是在千晶之后去催制服请款书的，那么志保也难免心情不佳。尽管对方为何对下单抱有如此强烈的反感还是个谜。

"是的，志保小姐上周周五在更衣室瞪着千晶说了男朋友之类的，对吧？好像是在那之前的事了。千晶不是很有男人缘吗？而且看着也像有男朋友的，希梨香说志保小姐就是看这些不爽，窗花姐则觉得志保小姐是临去静冈前被排除在外了，正火大着。"

"本来要去静冈主持新人进修工作的果然是志保小姐吗？"

"是啊，其实今年和去年一样，说好了是由志保小姐去静冈的，结果临出发前，她们的新岛部长说这次就让由香利姐去吧。事实上啊，志保小姐在本地负责新员工进修时好像也闹出了很多不愉快呢。"

真夕皱起了眉，一脸困扰。

"她怎么了？"

"都是些小事，像是卡到最后一刻才给出特快列车的指定座席票啦，座位安排得乱七八糟啦，跟物流中心联络出错了啦之类的。还有啊，她都没给大家准备便当，在车里突然说今年开始由各人自行负责午饭。大家都饿着肚子呢，听到这种说法可生气了。培训中心的人给介绍了当地的便当店，好歹是解决了吃饭问题，可事后她似乎还是挨训了。去年她只是作为助理角色去静冈，倒还没出大乱子，不过今年可不能让她一个人全程包办。"

"这样啊。"沙名子嘀咕道。

看来志保真的不是一个能干的员工——虽然她已经从对话中感觉到了。

真夕的表情还是恢恢的，她开始喝起了咖啡。说人家的坏话可不是什么愉快的事，她满脸都写着"受不了"。

"我真觉得志保小姐把事情办得很傻，但我笑不出来啊，因为我也有过这样的错误。结果她到最后都不肯承认自己忘了订便当。制造部还有个很可爱的女生，她说志保小姐好像是在故意挑她刺似的。"

"真夕，你之前不是说过你不太擅长应付玉村小姐吗？"

沙名子问道。因为她记得真夕曾提到自己和志保也不怎么亲近。

"哦，我跟森若姐你说过啊？其实吧，志保小姐和我以前一个朋友很像，该说她们是肚子里有一套自己的想法吗？总之就是让人无法理解。所以反过来说，我倒不觉得她会为了让可爱的女生不痛快而故意不准备便当。只有玛莉娜小姐那样的人会做得那么明显。"

真夕很少袒护别人到这份上，而且对方还是志保。

但沙名子没法坦率地表示赞同。

尽管没跟任何人说起过，实际上她的粉饼也被人摔坏了，和窗花那件事就发生在同一时间段。

她并不知道是谁干的，也不知道她的化妆包到底是碰巧掉下来还是有人故意为之。不过她不打算再去追查，始终都睁只眼闭只眼。

"我之前去找志保小姐咨询劳务管理方面的事情，她查了很多资料，好好思考过怎么解释了，虽然最后我还是没搞明白啦。她大概不肯说她也不懂吧。其实窗花姐就在附近，志保小姐去问她也行，但愣是没问，估计是无法承认自己的无能。我不想跟她做朋友，可也不觉得她是个坏心眼的人。"真夕没注意到沙名子的心情，还在老老实实地往下说，"如果没有去年那一出就好了，那种事啊，不管谁对谁错，都够呛的。"

沙名子深有同感。其实大多数人应该都是这么想的，可这档子事为什么每隔一段时间就会闹一次呢？真是不可思议。

千晶将展厅布置成草绿色。

接待处的柜台上放了绿色的摆件，安装在墙上的架子上摆着商品，每件商品都附有绿色的宣传卡，两层桌布叠在一起，一层是绿色，一层是摩卡棕，桌面中央装饰有一束鲜花，还放了隔壁天天咖啡店的饮料单，访客们可以坐在这里喝咖啡。

确实，之前的主题色是粉色，桌上装点着樱花枝。总之，展厅给人的感觉非常舒适，员工和访客们可以顺道来看看，随便聊聊；而每到这时，他们便能看到桌上的肥皂和产品宣传手册。

"啊，森若小姐你好。"

千晶正在擦拭玻璃制的展柜。

她把展柜打理得非常周到，玻璃上没有一丝污渍。柜上摆着最近大受好评的泡澡粉和宣传册子。厅里的格局好像也调整过了，柜台内侧的抽屉和展柜的位置发生了变化。

"又换上新装饰了呢。"

听沙名子这么说，千晶微微笑了。她戴着小小的钻石耳环，黑发剪成波波头，发梢垂在脸颊上，很是可爱。

"前阵子都以粉色作为基调，用以介绍'天天'的樱花皂，不过随着季节变化，展厅里也得做些改动。我琢磨着以后要每个月定一款商品来做宣传，本月就是'健康水果满分'泡澡粉，它的口碑很好，是中岛希梨香小姐策划的案子。等天气暖和起来，泡澡粉的销量就会下降，于是我跟织子姐说，怎么着都得想办法把人气维持住。"

"改换展厅装饰很辛苦吧？"

"这次没那么累，宣传科的新员工来干了不少力气活，还有别的男同事来搭手，真是帮大忙了。"

她提到的"别的男同事"大概就是她的恋人立冈。沙名子正觉得有些欣慰，就看到她的笑容突然透出几分寂寥。

"很遗憾，我这次没能转正，不过织子姐说了，等今年九月或者明年就会考虑的，所以我决定再等一段时间。"

千晶很有眼力见儿，知道对方想了解什么，于是就提前把话说了。这一点非常适合接待客人。

但愿织子不是反过来利用千晶的愿望，好随意使唤她。毕竟以转正为目标的话，要换工作还是得趁着年轻，越早换越好。

"总务部发制服给你了吗？我找玉村小姐和横山小姐都说过了，也调查了一下，发现公司并没有规定说非正式员工领制服要自费。"沙名子问道。

财务部还是没收到请款书，她希望尽可能赶在连休前搞定这件事，所以才来找千晶确认的。虽然再跑一次总务部也行，不过和志保打交道实在太麻烦了。

"啊——你说……玉村小姐吗？"

千晶小声说道，随后思考片刻，仿佛下定决心般往柜台走去。

"森若小姐，请问你有时间吗？我有些话想跟你说。"

她走近柜台内侧，拿出一个小包，看着像她的私人物品。她从其中取出手机。

"这个……我也不知道是不是该让别人听到……"

沙名子还没开口，千晶就把手机放在柜台上，点开了录音软件。

伴着背景的嘈杂声，志保冷淡低沉的声音响了起来：

"室田小姐，之前有人帮你搬了展柜，是吧？"

"新来的望月先生和正好有空的男同事帮了我，其实我一开始觉得没必要改展厅格局的，但既然求助的话都说出口了……"

"你怎么拜托他们的？"

"就是在我思考着怎么调整布置的时候，他们正好经过。当时我还处在工作时间，不过望月先生和立冈先生都是去吃午饭的，所以我觉得他们这并不算不务正业。"

"你刚刚提到的那位'正好有空的男同事'是你的对象？你男友？这可是你的同事啊，怎么成了你男友的？"

"咦……我……我不是很明白你在说什么。"

"呵呵……随便了，室田小姐啊，其实你不需要制服吧？看你这衣服和制服也挺像的，在哪儿买的啊？"

"……在哪儿？你想问什么？"

"就是问你上哪儿去买到这身衣服的！在百货大厦吗？还是邮购的？"

"我不喜欢邮购，平时都上街买衣服，这身应该是银座东菱百货店的独家商品……或者是在我家那边的精品店买的。还有，制衣厂办回馈特卖时会邀请我妈妈过去看看，那种时候也能买上一些……"

"回馈特卖哦？卖得都是些男人看着会喜欢的款式吧？那你自己的衣服不是比制服好多了吗？"

"不……我不是很懂你的意思……"

"可以了，室田小姐，够了。"

才听了没几分钟，沙名子就打断道。她已经听不下去了。

千晶伸出手，一下子关掉了录音。

沙名子觉得志保要是把话说得再客气些就好了。又或者，千晶能回复得更强硬些也行。

她已经习惯了她俩各自的说话方式——志保总是咄咄逼人，而千晶又太过恭顺。可第一次听这段录音的人很可能会以为这是对非正式员工的职权骚扰[1]。而且如果新岛部长也在附近，应该不会任由这种对话继续下去。

"你还给谁听过这段录音？"沙名子问道。

"横山小姐和中岛小姐说想听，我就给她们听了。横山小姐去年和志保小姐有过争执吧？她的粉饼也被人摔碎了。但我完全不知道这事，真是吓了一跳。"

"你居然去总务部录音了，真是做得很彻底啊。"

她以为千晶并不知道志保和窗花之间的矛盾，所以还是避免在对话中提及。

千晶点点头，继续道："事实上，我在录音之前……其实当时我还没去找你谈过呢，有一次我稍微离开了一下展厅，期间玉村小姐碰过我的包和毛衣。等我回来之后她便斜眼看着我，让我觉得很害怕，

---

1 "职权骚扰"被日本相关职能部门定义为"凭借自身地位、专业知识以及人际关系等职场优势，对同事施加超出正常业务范围并造成精神、肉体痛苦或恶化职场环境的行为。——译者注

就没法再硬问她要制服了。后来我去找玉村小姐时，心想还是录个音再说吧，于是提前下载了App。"

"原来如此啊。"

"我已经不再惦记制服了，从一开始就不该期待的。"

"之后还是请你去找玉村小姐和横山小姐沟通。但制服这种东西，换作是我，不穿就不穿了。"

其实作为财务人员，要处理的东西少一件好一件。

沙名子结束了对话，正准备离开展厅，门却打开了。

"千晶，去吃午饭啰——"

一群女同事走了进来。

希梨香、窗花、真夕、由香利都在。沙名子看了看手表，本打算跟她们打声招呼了事，但已经十二点了，由香利也完成了新员工进修工作，从静冈回来了。

千晶是非正式员工，沙名子本以为她从不和希梨香、真夕她们共进午餐，不过她们之间若能通过这次事件搞好关系倒是不错。

"啊，森若姐你也在啊？一起吃午饭吗？偶尔加入一次嘛。"希梨香对她发出邀请道。

"没关系，我带便当了。平松小姐，出差辛苦了。我有些事项要和你确认，已经发邮件给你了。"

"好的。"

沙名子听完由香利的回答，便从展厅大门溜了出去。

见由香利回来，她就放心了。制服的事就让由香利去找千晶和志保确认吧。如果由香利开口，志保可能会听话。再不然，由香利或许会直接下订单。

她只要把邮件发给由香利即算结束，之后便与她无关。

关门前，她回头看了一眼，只见由香利和真夕都笑盈盈的。

千晶大概会在今天的餐桌上把录音放给真夕和由香利听，于是真夕也会成为她的伙伴，她们几个将处得越来越友好。

"请问你是财务部的森若小姐吗？抱歉啊！我没回你邮件！"

沙名子一到宣传科，望月就慌慌张张地从椅子上站起来，直挺挺地立着不动。

望月是刚入职的应届毕业生，脸上稚气未脱，看着就像个十几岁的男偶像。他头发有些长，染成茶色，和西装并不相衬，要是在销售科估计会被要求染回黑色。

"我已经把财务软件的使用方法和公司的财务系统写在邮件里发给你了，不过还是要讲解一下，大概得花上一小时左右，你最近哪天能腾出这个时间来？"

沙名子提问道。她其实把写有这件事的便条和胶带一起带了过来，以防望月不在座位上，不过现在看来是用不上它们了。

财务人员要对新进员工讲解一次财务系统相关事宜，于是她发了邮件，问他什么时候有空；可还没等来回信，新员工进修就开始了，结果现在已经是四月后半程。

"我想想……今天事情很多，明天我要跟着织子小姐出去见客户，所以明天傍晚或者后天应该没问题……等接受财务讲解之后，就只剩下进修活动的报告了，但我这才写了一半，怎么办啊森若小姐？"

望月打开电脑检查行程表，同时把一份写到一半便打印出来的报告书递给沙名子。

"这个还要登在网站上的。织子姐已经敲打过我了，说我们是宣传科，可别写出些不妥当的东西来，所以我现在正在拼命赶。不过玉村姐倒是叫我不要太放在心上，想怎么写就怎么写。"

望月是宣传科的新丁，沙名子在希梨香那里听说过他，感觉是个爱参加派对的轻浮帅哥，关键是——他好像对女同事过分亲昵了。而从他直呼女上司的芳名，还对初次见面的沙名子说些废话来看，这传闻似乎不假。

"原来如此，玉村小姐也会帮你检查的，是吗？"

沙名子象征性地看了一眼报告，随后提问道。

——制作新员工的介绍页面、打点进修事宜都是总务部的任务，检查各位新人的报告则是他们各自上司的工作。玉村小姐连去都没去静冈工厂参与进修，这里头有她什么事？而她能看到还没上交的报告也很是匪夷所思。

"不，我还没麻烦她帮着检查呢，是我之前在走廊里碰到她，她问我最近如何，于是我们就顺便一起去吃了一顿饭。玉村姐她真的很会照顾人啊。"

"你和玉村小姐两个人去吃饭了？就你们俩？"沙名子忍不住问道。

她简直无法想象那个志保和这种偶像般的男生一起吃饭的样子，她不太亲近女同事们，中午多数时候都在自己的工位上吃面包或快餐。

"啊，只是午饭啊！就中午！在入职仪式之后的那天去的。"望月慌张地摆手，"我在自我介绍的文章里写了'请我吃饭吧，来约我就去'嘛，那是因为我想了解公司内部各种事宜，而且我毕竟是宣传科的，不这样玩点抢眼的可行不通吧？然后我把个人档案放在电子邮件里发了出去，之后又琢磨着不知道对方收没收到，所以去总务部和玉村姐说了一下。结果玉村姐大笑个不停，又正好到了午饭时间，她便带我去吃饭了。"

"这么说来你确实在自我介绍里写了这些话。你也常和别的同事一起吃饭吗？"

沙名子提问道。尽管她压根想不到志保还会大笑，或许他们特别合得来吧。

"不，不行。我们公司的女同事都很严厉，我只能找前辈大哥们。之前织子小姐说我想和她一起吃饭还早十年，中岛小姐则会叫我请客，我本来还特别期待入职呢，因为'天天'美女很多嘛。结果会陪我吃饭的也就玉村姐一个。虽然只是家庭餐厅，但能让我在发工资之前先欠着，简直是个女菩萨。我太感谢她了。"望月挠了挠头，答道。

"那室田千晶小姐呢？"

"室田小姐啊？她可太棒了！长得美，性子又温柔，我帮她搬了一次展厅里的东西，然后跟她说了下次请带我去吃午饭，她说有机会就一起去吧。说实话，我觉得这回答挺微妙的，但我们好歹在同一个科室，我还是有希望的！森若小姐你怎么样？我后天有空哦！完美！"

"请你在工作时间段内空出一小时来，午饭时间不算。"沙名子说道。

——这人搞什么？才刚进公司，还不能在工作上独当一面，就这样叽里呱啦说个没完！

——公司又不是大学的社团，别在上班时间搭讪女同事啊！

——我可真没见过这种员工……

可她仔细一回忆，就想起来确实有这么一号人物，而且她还知道有个姑娘接受了他的告白，顺利成了他的恋人——这个姑娘正是她本人。于是她一下子有些气馁。

"请你明天上午十点到财务室来，带好自己的笔记本电脑。如果手里有发票之类的也可以一起拿过来。我会预约好会议室的。"

"明白了！"望月开朗地说道。

容易亲近并非坏事，虽然这挺厚脸皮的，但在对方即将产生不快之前就收手也是一种跟人打交道的法子，而且很适合销售、营销等工作。

不过不管对方是什么性格，沙名子只要求对方能配合她完成工作即可。

她一边心想着等回财务室之后再发一封确认邮件给望月，以免他忘了，一边准备离开宣传科的办公区，结果却吓了一跳。

只见志保就在前面的走廊上，死死盯着宣传科这边。

她在和沙名子视线交汇之前就立刻别开了眼神，快步离去。

沙名子也踏上了走廊。

志保的背影和平时一样，头发用一只玳瑁花色的发夹夹住，身穿米色衬衫、黑色直筒长裤和一双黑色乐福鞋。今天还多披了一件灰色的开襟毛衣。由于她走得又快，脚步又重，整个人看起来都怒气冲冲的。

沙名子觉得那件开襟毛衣很眼熟，它背后也缝有丝带，松松系成一个蝴蝶结。

她心想，千晶不久前不也穿过同款吗？只不过颜色不同，千晶那件是淡绿色。

她凝视着志保的背影，心中升起一股奇妙的感觉。

沙名子从最近的车站闸机口出来，走在站前大厦中。

今天是周五，这周末她和太阳没有约会。

她是在和太阳交往后才第一次知道，原来男女朋友也不是经常相见的。最开始他们约好每逢双数周就见面反而是过于频繁了。

一般来说，恋人们也就是偶尔吃个饭，偶尔去哪里逛逛。这让她有些丧气。

上周末他们吃了上好的肉，于是她本周的菜单就以蔬菜为主，从而维持膳食平衡。她决定回家泡个澡，泡久一些，做一款猫咪图案的美甲，再边喝啤酒边看电影。对了，她今天想看那些女性角色表现活跃的电影。

这周末还要好好做家务，去健身房，随后读精装本的科幻小说。

一旦思及要做的菜和想看的电影，她又精神了起来。周末就是得这样过才行。

即使交了男朋友，沙名子也没有改变，只需在必要之处和对方相互磨合即可。她给手机安装了新的应用程序，虽然有些麻烦，不过还算有用，也蛮有趣，所以她便安心地用上了。

往后所有的安排都要先考虑到太阳再做决定。就和她从学生变成社会人，以及从住在家里搬出来独居时一样，得重新做一份日程表。

"交到男朋友之后，女人真的就变了啊。"

沙名子慢悠悠地在站前大厦的蔬菜卖场里走着，思索起了志保说过的话。

她和真夕一样都弄不懂志保。

　　——为什么她那么具有攻击性？为什么她总是怒气冲冲的？为什么她要敌视女同事们？

　　据她所知，志保只有一次心情愉快，那便是美华加入财务部的时候。志保很崇拜她。

　　美华非常优秀，也不会谄媚、巴结别人，有时甚至让人想叫她看看场合。她秉承"公平、守法、双赢"的原则，沙名子能理解她身上确实有让人憧憬的部分。就连她自己对美华也是既感到为难又十分尊敬。

　　——那就是志保的理想吗？可是那样也有那样的难处啊。

　　她想着想着，便来到了寿司店前。

　　那是一家小小的店，师傅会当场为客人握寿司。

　　这里最大的优点便是可以毫无负担地独自进去用餐。她也不能算经常光顾，不过有时还是会去奢侈一把。

　　她本想买些寿司外带回家，转而却看到店里正好空着，没有其他食客，只有一位师傅穿着白色的工作服，站在柜台后。

　　"欢迎光临。"

　　椙田师傅好听的声音传了出来。就算忘了他的长相，她也记得这个嗓音。

　　她犹豫了几秒，随后钻过门口的暖帘，走了进去。

　　"今天有什么推荐的吗？"沙名子在柜台的一角坐下，问道。

"我想想——有用海带卷着的方头鱼生鱼片，还有马面鱼鱼肝、金枪鱼的中段鱼腩、障泥乌贼、真子鲽。"

——哇……

沙名子心跳加速。椙田的声音还是那么充满男性魅力，隔了很久再次听到，对她干涸的心灵来说真是滋润。

"那么……我要海带卷方头鱼生鱼片。"

"好的，方头鱼是吧？"

"不点套餐对吗？"穿着和服的女店员一边给她上茶一边问道。

"嗯，是的，可以一味一味地单点吗？"

"当然可以，下一个想吃什么？我都可以捏给您。"

椙田说了不少话，而沙名子还想听更多，便用意念向他传达着愿望。

"要马面鱼鱼肝、金枪鱼中段鱼腩……啊，还要鲑鱼子，麻烦你了。"

"好嘞，马面鱼鱼肝、金枪鱼中段鱼腩、鲑鱼子。"

"这是什么？"

"红鲕，要捏一份吗？"

——什么？原来这么简单就能让他说话？

沙名子之前就注意到了椙田美妙的嗓音，希望能在保持食客和寿司师傅关系的前提下和他说说话，于是便在套餐之外尽可能挑名字长的寿司，或者假装点饮料犹豫不决。可其实，她若是想和椙田对话，那么只需单点各种单品寿司就能实现。

因为这里是堂吃区，所以菜单上只有"松""竹""梅"三套套餐，而其他单品及价格都被直接贴在了墙上。

而就在她恍然大悟，明白该怎样让椙田多开口时，她又突然想到或许志保也是如此呢？

——她的用意或许都很单纯。

——她或许只是不知道如何处理一些很简单的事，尽管别人都明白该怎么做。

——比如说，要如何向别人提问。

——比如说，"知之为知之，不知为不知"。

"你在哪里买到这身衣服的，百货大厦吗，还是邮购的？"

"那你自己的衣服不是比制服好多了吗？"

沙名子回想起了志保仿佛在生气一般的背影。

——她或许没有责备千晶的意思，而是打算说千晶的衣服很可爱。

——她或许是想要一件同款的衣服，所以想问问在哪里买的。

她又突然想起了去年夏天的事。

那时候，她的粉饼碎了——严格说来，是她暂存在洗手间的化妆包里有好几件东西都碎了。

她的小瓶装香水就放在那只化妆包中，和粉饼同样摔碎了。

"你之前不也擦了香水吗？"

其实自那之后，她就再也没有在公司使用过香水。她想不通志保为什么忽然提起这件事。可能在对方心里，她就是给人一种会擦香水的印象。

后来志保也去买了一瓶香水，和沙名子用过的一模一样。这哪怕只是碰巧，也是个少见的巧合，毕竟想要这款香水的话，只能先查出专卖店再通过邮购方式弄到手。

志保或许是闻到了沙名子身上的香水味，然后上了心，想知道是在哪里买的。

之后她为了确认香水品牌，去看了沙名子放在洗手间的化妆包。

另外，她大概也是看准了千晶不在的时候，去摸了摸那件留在展厅里的开襟毛衣。

——她翻我的化妆包，偷偷买了和我一样的香水，或许也没有什么特殊用意，单纯只是想要一样的香水而已？

沙名子曾想过，志保邮购了与她同款的香水，是打算栽赃给窗花，但这其实是从结果去倒推的。从一开始，她或许只是想知道别人用的是什么产品。包括窗花的粉饼之所以会摔碎，起因也是窗花那里有她感兴趣的化妆品，因此她才偷偷看了窗花的东西。

她不懂得向别人提问，想了解自己不懂的东西时也说不出口。

所以她会趁物主不在的时候去翻她们的化妆包，去看她们的毛衣牌子，还在情急之下摔碎了她们的粉饼。

"这个化妆品好可爱啊，哪里买的？"

"很不错吧？你试试看呗！"

"谢谢。"

"这件衣服是在那家店买的哦？我也想过要一件！"

"我是在促销时买的，可便宜了。"

大多数女性都会在学校、公司、更衣室、洗手池等地方轻松地开展上述对话，但或许志保就是做不到。

事实上，她并没有恶意。千晶的制服订单也好，进修时的便当也罢，她都只是忘了或者不明白怎么操作。而由香利不在场，便没有其他人会注意到这些事。结果她既不知道找人商量，亦不懂得道歉，最后迫不得已只会做些微妙的辩解，搞得话里夹枪带棒的，想要蒙混过去。

——还有那句："你刚刚提到的那位'正好有空的男同事'是你的对象？你男友？这可是你的同事啊，怎么成了你男友的？"

——其实她想问的是："那人是你的男友吗？你们俩怎么好上的呀？"

凡事自己不提问，别人便不会予以解答。哪怕她实际上是想加入希梨香她们的对话，却连"带我一个"都说不出来，只懂得把问题问得跟责备人似的，再不然就只能自己偷偷调查。

"鲑鱼子寿司，请用。"

一份刚捏好的寿司突然被人放到面前，沙名子吓了一跳。

无论她怎么琢磨，这些也都不过是想象。然而不管是粉饼还是香水，事到如今她都不可能去问志保了。

她摇了摇头，觉得自己多虑了，而这正是自己的不是。既然不想被人妄断，那就不要去臆测别人。

"最后请给我一份铁火卷。"

"好的，铁火卷是吗？"

"小哥，给我也来个寿司卷！"

"来了，您想吃什么？"

椙田低沉的声音听起来非常舒适，不知什么时候，大师傅也来到了柜台中央，小小的店内坐满了人。

沙名子慢悠悠地吃着鲑鱼子寿司，同时看着椙田那双干净的手——它们正在做铁火卷。

她不打算把这家店告诉太阳。等吃完之后，她寻思着再去买上啤酒、卡蒙贝尔芝士和柿子种米果[1]，然后回家。

今晚要看的电影是《斯隆女士》。

"美华小姐，麻烦你处理一下报销。"

志保来到财务室，便径直向美华的办公桌走去。

沙名子就坐在美华边上，志保却看都不看一眼，看来已经认定她是敌方势力了。

美华刚完成进修，此刻的她把头发高高梳起，穿着黑色的针织衫

---

1 "柿子种米果"是一种日本小零食，形状细长，很像柿子的种子。——译者注

和半身裙，戴着金色的耳环。沙名子是名朴素的文职人员，而美华则打扮得像个职业女性。明明两人做着同样的工作，却只靠一身衣服就显得大不相同。

"是便当的发票和高村制衣店的制服请款书，对吗？也就是说室田小姐的制服订好了？玉村小姐，你拖那么久是想找麻烦？"

沙名子一口红茶差点喷出来。

——她是从哪里听来这件事的？

无论何时她都没法习惯美华的直率。

志保一脸震惊地盯着美华，答不出话来。

美华也凝视着志保。

"我听说你想找室田小姐的茬，还有便当也是，本来应该提前订的，结果赶急现买了，有传言说你故意在惹新来的女同事生气。请问这些都是真的吗？如果是，那就有问题了。"

"美华小姐，这些和报销没关系。"沙名子插话道。

志保双手紧握在一起，被自己所崇拜的美华责备想必很难熬，似乎连她那套充满攻击性的普遍观念都给忘了。

"如果不是我听说的那样，那就是工作上的失误了。"

"美华小姐，不管是哪种情况，都不该在这里问的。"

"不用确认清楚吗？"

"没必要。发票都没问题吧？那我们下个月十号划账过去。"

"好的。"

"玉村小姐。"

沙名子很想把话直接说出来。

——望月先生说你很会照顾人，就像女神一样，他非常感谢你。

——这件开襟毛衣很可爱，非常适合你。

"森若小姐，有什么事吗？"志保小声说道。

"不，没事。"

沙名子答道。这话到底还是不该说。她不认为志保能认真听进去，而且她本人也不会在公司闲聊。

志保的嘴角又往下绷紧了，她斜着眼睛瞪了一下沙名子，随后朝走廊走去。开襟毛衣背后的蝴蝶结也仿佛带着怒意般甩动着。

沙名子默默目送着她远去的背影。

第二话 千里之堤，溃于蚁穴

"森若小姐，你今天下班后有空吗？我有事想跟你商量。"

听邻座的美华这么说，沙名子心想——终于还是来了。

今天是五月的一个工作日，对面桌的真夕和部长新发田都在。美华从秘书办公室回来后查了一会儿资料，然后看准沙名子工作告一段落的当口来找她说话了。

"我今天有安排。"

"你总是有安排。那明天呢？"

"我现在有空，或者——能否麻烦你把要谈的事写进电子邮件里发给我？"

美华没有作答，而是立刻把桌上的两张发票推给了沙名子。

沙名子拿起发票。

只见开票人是"畑中策划"，用途是"会议餐饮费"，日期是上周三、周五两天，人数共计四人，分别是总务部的新岛部长、销售部的吉村部长、天天股份有限公司的大客户——西亚酒店集团的董事及产品经理。

——"畑中策划"开的票？

——那不就和开在新宿的那家女公关俱乐部"五星Z"有关吗？

"有本小姐拜托我处理一下这个发票，申请人是新岛部长，她还要求把这些费用都算在'特殊类'里。"美华说道。

所谓的"特殊类"也是一种"杂项费用"，专门用于计算秘书科的日常经费。

管理层的小额发票都是由他们各自管辖部门内的文职人员（或董事秘书有本玛莉娜）来处理的。而这多半是他们不希望为人所知的费用。

员工使用经费去招待客户，这一行为本身没有问题；而"招待费"也是必不可少的，因此这类报销虽不至于频繁，不过仍会不时出现。

——如果那家俱乐部里的卖酒女不是玛莉娜本人就好了。

沙名子认命了。反正这个问题早晚都得解决，美华也是认真的，沙名子想拖延都拖不了。

"明白了，明天下班后我们一起去喝个茶吧。"沙名子说道。

"不吃饭吗？算了，也好，那我就等到和你聊完之后再处理。"

美华语带微微的嘲讽，将发票放回了文件夹。

沙名子就和平时一样继续工作，但心情却忧郁了起来。

和太阳交往之后，她的双休日经常排得满满的，工作日若能准点下班回家，得到的可是宝贵的家务时间。今天是她洗衣服和重涂指甲油的日子，明天则准备做一些炖菜。

说起来，后天就是周五了。她希望悠悠闲闲地过一个周末之夜。

美华似乎很希望沙名子能帮她一起查有本玛莉娜在女公关俱乐部兼职的事，而且态度十分坚决。

沙名子也知道，只要拒绝美华就能落得轻松，可却做不到。毕竟最开始煽动她的人就是自己。而美华也如沙名子所想，拜托了朋友去侦察玛莉娜是否真在"五星Z"，还拍下了视频存证。

如果不想跟这事扯上关系，那么听到这话的时候装糊涂即可。但这样做就不是她了。那天她和美华一起吃了晚饭，居然对对方产生了一种近似于友谊的感情。

——所以我才不喜欢和别人深交啊。

——明晚原计划做一道炖牛肉，这下子泡汤了。之前都想好等下班之后去站前大厦买块牛肉，再买些西兰花的，现在我得从头开始重新考虑菜单。

玛莉娜在上周三和上周五两天都是五点就离开公司了。

沙名子一边在总务部的柜子前翻阅出勤记录文件，一边不带任何情绪地想道"果然如此"。

她觉得这两天均不是偶然。玛莉娜之所以早退，都是为了去"五星Z"兼职。美华也已经确认了这一点。

这就是说，如果发票是真实的，那么吉村部长和新岛部长都和玛莉娜打了照面，至于她有没有直接入座接待他们就先不谈了。

沙名子把文件放回柜中，向由香利道了谢，然后准备离开。而就在她走出总务部的办公区前，又往部长席那边看了一眼。

只见新岛总务部长还是和平时一样，淡定地工作着。这位部长身材矮小，整个人都毫无生气。他已经过了五十五岁，年纪比财务部的新发田部长和销售部的吉村部长都大。他是从天天股份有限公司的前身——"天天肥皂"起一路历练上来的，和制造部的姊崎部长一样，都是社长圆城野洲马的盟友，或许也可以说是挚友。

他不会对细枝末节多说什么，然而做事并不粗放。他对由香利、窗花等部门下属似乎没有什么不满之处，应该是位好相处的上司。

——精力旺盛的销售部部长吉村倒也罢了，可居然连新岛部长都去女公关俱乐部喝酒。

秘书科的"特殊类"业务其实是对地方上的温泉经营者们的优惠政策。公司宁愿将利益置之度外，也要和他们往来；即使对方一年只买几块肥皂，但只要还在使用"天天"的产品，公司有时甚至还会自己贴钱去支持他们。毕竟天天股份有限公司自身就是靠着地方上的温泉而发展壮大的，于是一直秉持着"正因为我们是家小公司，所以才能做些什么"的理念。

然而玛莉娜却利用这个"大好机会"，私吞了地方温泉经营户发来的货款。

当时部长们也没怎么责备她，只是走形式般把她叫过去谈了谈，之后她还是像个没事人似的照常上班。

财务部的乱子基本都是因为玛莉娜的失误或者粗心引起的，可每每这时，她却会来一句："你们怎么这么说我！我要去告诉部长！"

——还告状，你是小孩子吗？

每当沙名子想这么问时，都觉得实在身心疲惫。现在替她负责和玛莉娜对接的美华想必深有同感。

——难道她之所以能那么倚靠新岛部长和吉村部长，并不是因为受到他们的偏爱，而是握着他们的把柄？她和部长们是在达成共识的基础上相互利用吗？

——部长们作为客人去光顾玛莉娜兼职的女公关俱乐部，然后用公司的经费来报销？

——发票是由新岛部长统批的，吉村部长偶尔也会负责这项工作，所以这些报销当然能获准。这样一来，对玛莉娜来说，她的业绩提升了；对部长们而言，就能花着公司的钱去逛声色场所——双方简直构成了一台永动机。

——又或者说，两位部长中有一位和玛莉娜是情人关系吗？

——不，慢着，也可能都是为了工作。

新岛部长和美华之间也有关联，美华的某位熟人应该和他有交情。

沙名子离开总务部，直接往销售科走去。

很多销售人员都会因公外出，她暗自祈祷着希望太阳不在，然而这时候他却偏偏就坐在位置上。

太阳正对着电脑屏幕，一看到沙名子，他的表情瞬间就亮了起来，随即又慌忙移开眼神。

"山崎先生，我有事想请教你。"

沙名子径直向太阳对面的办公桌走去。

山崎戴着眼镜，给人一种干净整洁的感觉，销售业绩在科内排名第一。

"可以啊，怎么说？是我的发票有问题吗？"

山崎很爽朗，头发清爽蓬松，皮肤上根本看不出毛孔，尽管他的内在并不似外表所示那般，不过沙名子觉得几乎没人察觉到这一点。在同科室的太阳眼里，他就是个优秀的前辈，令人尊敬。

"倒是和你没有直接关系，但我希望确认一下，请问你最近和西亚酒店集团的人谈过公事或者招待过他们吗？"沙名子问道。

山崎是西亚酒店集团的销售对接负责人，公司向他们供应的并非给住客使用的洗浴备品，而是为工作人员准备的卫生用品。山崎在几年前拿下了这家客户。

而发票上并没写山崎的名字。

"没有啊，只有电子邮件和电话往来。交货的时候确实得和对方负责人沟通，不过你问的不是这回事吧？"

山崎答得清清楚楚。

"那么吉村部长直接接待过他们吗？"

"我没听说过。"

"那我就打个比方，你和吉村部长一起去过有女性作陪的店吗？随便为了什么事都行，请问你们在工作上有必要去那种地方吗？"

"有女性作陪的店？没去过。因为负责对接的产品经理是位女士，而且我觉得西亚酒店集团是属于那种洁身自好、高效有序的企业。"

山崎从没拿着"畑中策划"开出的发票过来报销，他似乎本来就不喜欢参加酒席。

"我单纯想问一下——就一般而言，部长会在具体负责人不知道的情况下去接待大客户吗？"

"嗯——这我还真不清楚。具体的对接负责人确实是销售工作的窗口，不过经营者们和销售部长们能通过其他渠道认识，哪怕眼下并没有业务合作，相互之间也会碰头聚聚，这时他们要是跳过负责人直接联系对方，下属们也就没法知道了。"

"原来如此。"

沙名子颔首道。这件事到目前为止还和她料想得一样。

"森若小姐，你是从吉村部长那里收到了对象不明的发票？"山崎沉着地问道。

"不，我只是保险起见做个确认而已，请不用担心。"

"毕竟吉村部长朋友圈名单很耀眼呢，他又想在西亚酒店集团的住宿备品里挤出一条销路，虽然我觉得没戏，不过被他催着真是麻烦。如果我又想起什么事，到时候再联系你行吗？"

沙名子看着山崎。

他还是和平时一样，给人一种亲切的销售人员的感觉。

"那就拜托你了，发邮件或者口头告诉我都可以。"沙名子略略迟疑了一会儿，随后答道。

撇开她的个人偏好，山崎确实是一名优秀的销售人员，吉村部长也非常中意他。她和山崎每回交谈，对方都会把话说得清清楚楚，所以他这次或许是知道什么内情，却不方便公开透露。

"LINE不行吗？邮件好麻烦啊。"

"我的手机不用于公事。"

"那我有可能会在半夜里突然想起一些很重要的事，可第二天一早又忘了哦！"

"那也没办法。"

"山崎哥！这个报告怎么总结才好啊，你能教教我吗？"

这时，只听到有人冒冒失失地大叫，原来是太阳。

他从办公桌前站起来，向山崎递出一份文件。

"这是什么？"

"那么，我先走了。"

——虽然不知道太阳是不是为了替我解围才这么做的，不过真帮大忙了。

趁着山崎看向太阳的当口，沙名子迅速离开了销售部。

她一边走着，一边思考接下来需要提前确认好的事，这时却看到玛莉娜正在电梯前等着。

她穿着西服，身材高挑而纤细，头发染成胡桃色，抱着厚重的皮革封皮文件夹，蓝色的西服裙下露出两条又细又直的长腿，简直就像是在美国政治题材连续剧里登场的美人秘书。

虽然按希梨香的说法，她只是用浓妆打造出来的美女，不过远远看过去身材的确很棒，当过模特的说法或许是真的。

"啊，森若小姐，你好。"

玛莉娜有些刻意地转过头来向沙名子打招呼。

"你好。"

沙名子也简单地致以问候，然后移开了眼神，准备从旁边走过。

"虽然我不知道你在闹什么脾气，不过差不多够了吧？"

当她和玛莉娜擦肩而过时，只听到对方这么说道。

她停下了脚步。

"闹脾气？"

"就是对接人啊，突然把我的对接人换成了麻吹小姐，我也很头疼啊。"玛莉娜耸了耸肩，"虽然这么说有点不好，不过我觉得麻吹小姐就跟个小孩子似的，和你不同，她总是掰些歪理，就是不肯好好工作。我打算这阵子跟新发田部长提议把负责人给换掉，你也能帮我一起说说吗？"

"麻吹小姐很优秀，我对工作分配没有任何不满。"

"可能你觉得还好，但我就难办了。她大概是嫉妒我吧？不过都已经是进入社会的人了，怎么还这样？居然因为不喜欢我就老是找我麻烦。"

"嫉妒？她嫉妒什么了？"

玛莉娜的自信让沙名子哑然。

沙名子觉得，美华倒是拥有玛莉娜想要的东西——在著名美国报社工作而锻炼出的本领，还有外语能力、知识教养、高雅的兴趣爱好、高学历等。可在玛莉娜看来却反而是美华在嫉妒她吗？

对玛莉娜而言，沙名子更好相处，是因为沙名子会配合她，对一些无理的事睁只眼闭只眼，不做反复斟酌，只管完成工作。毕竟这么做可比劳神劳力把问题一一谈清楚要轻松多了。

而且在更换对接负责人之前，沙名子因为压力而出了疹子。虽然她也不确定玛莉娜算不算是造成压力的原因之一，不过拜托新发田部长让美华去和玛莉娜对接之后，她的疹子也治好了。

美华则不会放过任何细微的矛盾，凡事一定要追究到底。沙名子一方面很佩服这种不屈不挠的精神，一方面也因为自己不再负责这项工作，所以就不去多管了。

可这在玛莉娜心里，却成了她在闹别扭，而美华根本就是去没事找事的。

"森若小姐，我真是拿你没办法呢。"玛莉娜"呼"地吐了一口气，"算了，毕竟我就是这么中意你啊，包括你那努力的品质。所以我会找机会跟部长提出换人，也请你记住哦。"

"我会记得的，那么我先走了。"

沙名子觉得这真是一段没有意义的对话。不过在旁人眼里，玛莉娜大概说了很重要的事。

她似乎认为沙名子和美华都很幼稚。

沙名子她们都任性又别扭，而玛莉娜则是一个睿智的大人，宽容地原谅了她们，聆听她们说出的话。这样的角色关系一经预设，那么不管闹出什么乱子，她都能理直气壮的，即便犯错或者做出不正当财务行为的人明显是她。

——原来如此，还有这一招啊。

玛莉娜果然很麻烦，而且难搞。

沙名子已经半存着佩服之心了。

——她可真是会藏本事。一旦别人不按她的想法行动，那么把一切都归为对方在闹别扭即可。即使被抓到了证据，只要她认为对方像个孩子似的掰歪理、嫉妒她、找她碴儿，那么她的自尊心便不会受伤，也不用承认自己做错了事、工作能力差。

假设她搞得公司里出了问题，亦只需把事情推给有权有势的领导们。

"因为她头脑不灵光啊。现状太不公平了，她那一套在社会上可行不通，早晚会栽跟头的。不然也太不正常了！"

沙名子回忆起美华的话。

她心想，美华之所以这么执着于找出玛莉娜的问题，是因为反感玛莉娜的生存方式吧?

　　而她自己则出于别的理由,认为不管玛莉娜的人生是否会受挫,但至少一定会出现失败。

　　玛莉娜这个人太没有防备了,居然就这样堂而皇之地交出自己兼职俱乐部的发票,私吞货款,靠邮件耍些拙劣的小花招,还在公司里穿着高级的服装、背着名牌包,用经费买礼物送给卖酒时认识的客人,每周都那么明晃晃地配合着兼职排班早退。总之,她无法克制住想要利用自己的特别之处,想要向人炫耀的欲望。

　　沙名子觉得,既然决定采取不守规矩的活法,那就该提高戒心;而玛莉娜糊弄人的方式也太"即兴"了,在这方面实在算不上深得要领,连最基层的财务人员都能察觉出不对头来。

　　她打开自己熟悉的财务室大门,同时心想道:幸好玛莉娜还有个卖酒的副业。正是因为这份副业,哪怕她辞职了,生活上应该也不会陷入困境。

　　距离车站略远的某栋大厦里有家日式风格的咖啡店,沙名子和美华约好在那里碰头。毕竟车站前的家庭餐厅和美华指定的酒店大堂里或许都会有公司的人出入,她想彻底避开熟人。

　　"请看一下有本小姐在'五星Z'工作的录像视频,我刚刚也发到你手机上了。"

　　就在沙名子坐下的同时,美华递出了自己的平板电脑。

沙名子不由得看了看包中的手机，短信的提示音正好响起。

"已经发给我了？"

"共拍了三条视频，我给你的是拍得最好的那条。这种视频还是该让大家都备一份。要不我全都发你？"

"……不用，一条就够了。保险起见问你一句，你知道这是偷拍吧？或许会把毫无关联的人都一起拍进去。"

"当然知道，我也没准备给你之外的人看。"

沙名子亦不会把别人的事捅出去。不久前，她才偷拍了一对情侣的接吻视频。

她寻思着得先下单再买一个能直插手机的U盘，省得回头忘记，同时接过了美华的平板电脑，把视频点开播放。

她听见画面中有人在说"欢迎光临"，似乎是拍摄者刚进店时拍到的内容。皮革沙发的茶色革面正反射着大吊灯的光芒，店堂比她想象得更加昏暗一些，姑娘们白嫩的玉腿看起来妖娆而醒目。

摄像头开始往上，随即便拍到了一位女性的面容。只见对方的化妆精致又自然，十分漂亮，而她背后也有零零散散的另几位女性。

玛莉娜并不在其中，不过这些女人应该就是工作人员——也就是卖酒女们。说起来，她们整体都算是清爽型的丽人，发型也并不夸张，服装各异，里头有人甚至穿着非常普通的连衣裙。沙名子感觉这是一家以"非专业卖酒女"为卖点的店。

"这都是怎么拍到的？"沙名子问道。

拍下这些视频的男士是美华的朋友，毕竟她没法亲自进店，于是便拜托了对方。虽然是偷拍，不过拍摄质量还真不错。

"我猜应该是在包上或者衣服上藏了摄像机，他是我上上家公司'蜜蜂网'的同事，在这方面很在行。虽然我不想托他，不过这次是非常情况，没别的法子了。"

说起来，美华本来的志愿就是当记者。记得她就业的第三家公司是做新闻网站的，第四家公司是做贸易的（她担任经理助理），而第五家就是天天股份有限公司。

她很不擅长处理人际关系，所以一直在辗转跳槽，上述第三家公司似乎是她唯一待得愉快的地方。

第一条视频播完了，她继续播放第二条。

"这条大概是用手机拍的，我发给你的也是这条，有本小姐被拍到了。"

"请稍等，我有工作要处理一下。"拍摄者的声音响起，随后他拿出手机假装工作，实则开始进入正题。他若无其事地启动了摄像头，仔细地东拍西拍。

玛莉娜正在接待客人，和拍摄者隔了两张桌子。

她身穿款式简洁的紫色礼裙，涂着红唇，银色的大耳环和项链闪闪发光，那条项链的设计还很特殊，是由爱心和数字组合而成的。

她整体上给人的感觉比在公司时更为雅致。她不像其他姑娘那样闹腾，而是带着神秘的微笑，倾听着身边男士的话语——这或许就是三十多岁的女人特有的从容。

"我说，那位女士是谁啊？她可真美。"

拍摄者向为自己服务的姑娘打听起了玛莉娜。

"咦？内海先生你喜欢美子姐吗？找她也没戏的啦，她只陪有钱人的。"

"怎么，我已经暴露自己是个穷鬼的事实啦？"

这位姓"内海"的拍摄者一边打趣道，一边放大焦距，去拍玛莉娜的脸。

玛莉娜好像是用了"美子"这个花名。

她正在接待两位男客，其中一位穿着西装，年约五十岁，另一位则身穿衬衫，目测四十岁上下，像是IT行业从业者。

衬衫男离玛莉娜稍远一些，他把一个首饰盒似的白色盒子推到桌上，这时画面动了，拍到三杯香槟和一个盛得满满当当的果盘。不过几乎没人动手去拿水果吃。

这是在三月中旬拍摄的，那只白盒子很可能是情人节巧克力的回礼。玛莉娜或许就是冲着回礼才会四处派送高价的巧克力。

"美子小姐一直在这里工作吗？干了多少年了？"

"这个嘛……您点一支粉红香槟我就告诉您！"

"我点，我点，所以告诉我呗？"

"说好了哦！她在这里已经做了两年，现在是第三年，之前她在银座和六本木的店里工作，被我们店挖角了。听说她白天在普通的公司里当秘书呢。好啦，这边一支香槟——"

"这个视频拍得很清楚。"沙名子说道。

负责拍摄的内海很擅长撬开女人的嘴，感觉不像外行人。他既然是美华的朋友，那么八成也是个记者。

"是的，这个可以作为有本小姐在兼职当卖酒女的证据。前几天她找我处理了一张购买服饰的发票，我想应该也是用在这份兼职上的。她本人则说是为了给平时很照顾我们公司的客户送礼。"

"毕竟新岛部长也批准了，具体谁知道呢？"

热的宇治抹茶和焙茶拿铁上桌了，沙名子把视线从视频上移开，喝了一口焙茶拿铁。专注地看视频让她有些疲惫。

美华似乎也是同样，她默不作声地喝起了宇治抹茶。

"销售部的山崎先生是负责西亚酒店集团的人，我已经找他确认了前几天那份'西亚'的报销。在他的印象里，我们公司从没在有女性陪客的店里接待过对方。"沙名子开口道。

美华端着抹茶的手顿住了。

"可以认为这是在报假账吗？"

"不，也可能只是销售负责人不知道而已。不过由销售部部长和总务部部长亲自去这种店招待客户企业的领导层确实很不自然。因为对方是一家很有秩序而且讲究效率的公司。"

"我们公司和西亚酒店集团什么关系？"

"大概从三四年前开始，我们公司负责向他们提供专给员工使用的肥皂。他们从设立之初就用'太阳生命'制造公司的洗浴备品套装，并作为传统沿用至今，因此能打入他们的员工用品供应链已经是奇迹了，双方在企业层面往来的时间还很短。"

这些都是直接从吉村部长那里听来的。

沙名子对山崎的报销心存疑惑，于是去找了吉村部长当面对话，当时对方回答说由着山崎即可，这样也是为公司好，然后就举了大型连锁企业——西亚酒店集团的例子，说公司会首先从他们的员工用品供应链开始做起，一旦打入酒店备品业务，那么就能从肥皂业界首屈一指的"太阳生命"制造公司手中夺取市场份额。

"太阳生命"是一家大企业，生产范围囊括了洗涤剂、化妆品、卫生用品等多种产品，旗下的本土人员加上海外员工超过两万人。

然而，就固体肥皂和泡澡粉而言，还是天天股份有限公司的口碑更胜一筹。曾有著名的美容专栏记者写过"售价一百日元的天天肥皂质量优于昂贵的美容皂"。身为中小型制造企业，"天天"为自己能够生产出价格便宜且质量优秀的肥皂而倍感自豪。

所以山崎没有和部长们一起接待西亚酒店集团一事令沙名子感到不可思议。如果是要和"太阳生命"竞争，那么吉村部长应该会让山崎陪同才对。毕竟山崎身上有种奇妙的魅力，很能吸引他人。

退一步说，哪怕先不管吉村部长，新岛部长会出席见客也很反常。

"美华小姐，你是新岛部长介绍来的吧？请问你和新岛部长是什么关系？"

沙名子对此有些挂心，便开口询问了。

"这个问题和这次的事情有关吗？"

"我只是想确认一下真实情况。"沙名子说道。

美华放下手中的陶杯。

"我和新岛部长本人并没有直接联系，当时我很烦恼要不要从'莫里斯'公司辞职，就和在'蜜蜂网'工作时的上司谈了一下，他认识新岛部长，跟我说天天股份有限公司正在做非公开招聘工作，然后帮我打探了一下情况。我看待遇还不差就去面试，然后被录用了。仅此而已。说实话，我以前从没考虑过去肥皂制造企业工作，但既然我的目标是做一个财务方面的专业人员，那么便重新调整了想法，认为行业不是问题。"

"入职之后发现其实还不错吧？"

"是。"

美华不情不愿地答道。

她来公司大约有四个月了，已不像之前那么具有攻击性。一想到她已经认可了"天天"的优点，沙名子便有些莞尔，不过像她那样的脾气都能习惯"天天"这温吞水般的氛围，则又让沙名子心情复杂。

"美华小姐，你在进修时也做了肥皂吧？感觉如何？"

"我对肥皂的看法发生了改变。还有——我很佩服制皂负责人藤见爱小姐的工作方法。"

美华一脸认真地夸奖着比她年轻的制造部员工。

"新岛部长和你那位前任上司是怎么认识的呢？"

"这我倒没思考过，我前任上司现在四十多岁，会打高尔夫，两人可能是以球会友。"

新岛部长为人沉稳，很顾家，从以前开始就一直给人一种"工薪族"的感觉，跟新闻网站公司并不相配，而且就沙名子所知而言，他也不打高尔夫。

"我在想，从你的立场出发，新岛部长在你找工作时关照过你，是你的恩人，你这么做没问题吗？"

沙名子保险起见问了一句，美华却皱起了眉头："什么意思？"

"这次的事件说不定会曝出两位部长犯下的错误或者作风问题，我担心这对你来说可能是一种'背叛'行为。"

"你这话就很有趣了。我并没有受过任何人的恩惠，也不打算背叛别人，我是靠自己的实力入职的。现在我作为财务部的一员，一旦发现不正当的行为，就要去查明白，仅此而已。如果有人会受罚，也是因为他们做了该罚的事。"

沙名子很喜欢美华在这方面的清晰认识。

她们两人其实有相似之处，不过目的指向却不同。美华是为了贯彻理念，而沙名子则是为了自己。

"美华小姐，你嫉妒有本小姐吗？"

听沙名子这么问，美华瞬间愣住了。

"嫉妒？我嫉妒她？为什么？"

"单纯问问而已。因为她是这么说的，所以我想是不是发生了什么。"

"没有啊，我不嫉妒任何人。"

美华答得很干脆。

毕竟她也是一位自信的女性。

沙名子喝下一口焙茶拿铁，然后缓缓地放下杯子。

"有本小姐曾贪污过地方上的温泉经营者交来的货款，而我却默许了。"

"沙名子你之前和山崎哥说话的时候表情好严肃啊，我就想着到底发生什么事了。就算你不是那样对着我，我都心惊胆战的。"

太阳在手机另一头傻乎乎地说着话。

现在是周五的晚上，太阳出差去北陆了。不过这次出差会议并非以他为主，他只需列席参加，所以整个人都一派轻松。他今天正以"视察"为名在客户的酒店住一晚上，明天即可回东京。

他似乎很在意沙名子前几天和山崎的对话。

"我只是找他确认发票上写的名字。"

沙名子在自家厨房，左手拿着手机，右手握住汤勺，等肉煮好。

她昨天和美华聊得太起劲，没时间做炖牛肉，今天回家路上顺便去了一趟超市，发现肉卖得很便宜，便决定将这道菜付诸实践。

太阳打电话过来时，她正好把所有的材料都扔进了真空焖烧锅的内锅中，让它们过一过火。

"虽然我也觉得是这么回事啦，不过山崎哥不是问你要LINE账号吗？我当时都想插嘴说你不玩LINE了。"

"就算在玩也不会告诉他的。"

"不不不，他是个天才啊。像今天，他又不知不觉把泡澡粉卖给了龙村集团。大家都觉得不可能对温泉旅馆卖出泡澡粉的，对吧？可对方就是感兴趣了。有些话从山崎哥嘴里说出来，便会给人一种'这倒也不错'的感觉，比方说——'给在室内泡澡的人用用怎么样？''把泡澡粉当成贵店的纪念品来销售呢？'之类的。"

"别聊山崎先生了，你怎么样啊？龙村酒店很棒吧？"

"棒极了——如果和我一起来住的人是你就更好啦。"

太阳心情很愉快，估计在晚餐时喝了酒。

他和山崎、镰本住同一套房，因此在晚餐和洗浴之后，只能离开房间去大堂里打电话。虽说是在出差，但和两位前辈同住还真让人同情。

"我明天就回来啦，你要啥特产？车站那里有卖芝士蛋糕的，听说加热一下之后美味得不得了，到时候再加上生奶油一起吃，你要的话我就买回来！"

"加生奶油？打发起来很费工夫哦！"

"超市里不是有卖吗，那种摁一下喷嘴就能直接挤出来的。"

"那个是喷射奶油啦，植物性的。"

"我不是很懂这些，但对你来说是个很重要的问题吗？"

是该略过去，还是为了今后而好好做说明呢？沙名子犹豫了几秒，这时她听到太阳小声说了一句："啊，镰本哥。"随即就是"嚓嚓"声，想必是他把手机藏起来了。

"太阳你搞啥呢？给女朋友打——"

太阳毫无预兆地挂断了电话。

"咕嘟咕嘟"的炖煮声突然大了起来。

——太阳什么意思嘛？

沙名子突然有些生气。

——刚刚还在高谈阔论，突然就挂断了。出差时特地打电话过来，结果最后让我听到的居然是镰本的声音！

但是镰本在场，继续聊下去的话，为难的反而是她，所以她并没有责怪太阳的理由。

她看了看钟，发现已经和太阳通了十五分钟电话，简直令人难以置信。

炖牛肉基本全煮熟了，她把锅子放入焖烧锅的外层锅中焖着，等明天一觉醒来这道菜就算完成了。西兰花则在另一只锅中也煮好了。

她决定先泡个澡再吃晚饭，把剩下的肉炒一炒，用西兰花和番茄做个沙拉，配啤酒一起享用；然后卸掉指甲，一边看电影，一边给身体做个保湿按摩。今天要看的电影是《神奇女侠》。

恋爱是件好事，不过不能被对方牵着走。

洗完澡后，她把冷冻好的米饭解冻，同时注意到太阳发来了短信。

"刚刚抱歉啊！"
"明天回来再联络！"
"晚安！"

"晚安。"

她边做菜边回复了太阳的短信，电影的预告片播完时，她也把炒牛肉和沙拉摆上了桌。她"呼"地叹了口气，打开了啤酒罐上的易拉环。

此时，她似乎想起了什么，打开手机相册。

最新那张照片里，她和太阳两人正肩靠着肩。

那是他们一起去赏花时，太阳叫住一位路人帮他们拍下的，虽然她说不用，但他还是把照片发给了她。画面中的太阳满面笑容，而她的样子在她自己看来都很僵硬。因为她不擅长摆出笑容，甚至想过索性把自己那一边裁掉算了。

——明天如果能和太阳见面，我可不能忘记带打蛋器。

这顿晚饭吃得很晚，她嚼着饭菜，心里却总觉得好像还有什么要

事，然后终于想起来——她原本计划和太阳聊天时，一定要打听一下
吉村部长之后有什么明确的安排。

——幸好刚才忘了。

她边喝啤酒，边看向电视屏幕，此时电影正好开始。

"你好，我是山崎。"

"我想起来一些情况，和你前几天的那些问题有关。"

"如果方便的话，我们下班后细说。"

"能麻烦你在工作期间解决吗？"

"我想跟你聊一下有本玛莉娜小姐的事，还是去公司之外的地方
比较合适。"

"今晚七点左右如何？"

"吉村部长吗？他本周三好像没有安排。说不定会去玛莉娜小姐
工作的店里。"山崎说得非常爽快。

现在是某个工作日的夜晚，沙名子在位于品川的一家寿司店里。

此处并不是那种卖回转寿司的店，门口挂着暖帘，底子染成深蓝
色，只有店名还是布料原来的颜色，店内很整洁，每张桌子上都摆着
鲜花。

沙名子当然没来过这家店，不过她曾处理过山崎开的发票，所以也知道它的价位。

——我居然在私人时间和公司的男同事单独吃饭……

沙名子心想这种事情有违她的原则，按说不可能发生，更何况对方还是山崎，她可从没考虑过会和他一起用餐。但眼下也没有其他办法，毕竟他清清楚楚地在邮件里写了"有本玛莉娜小姐的事"，而她此前从不曾提到过玛莉娜的大名。

他俩是通过公司邮箱联络的，所以没法在邮件里说太多；她想把美华叫上，不过又怕美华过于耿直的作风会把谈话搞砸，再加上要描述山崎那复杂的性格也着实很难。

山崎不知为何对沙名子很有兴趣，当然，这并非一个男人对一个女人所抱有的兴趣，他只是老想找她说话。

结果，沙名子只好独自赴约。为了给自己打气，她还在更衣室里换上了一双华丽亮眼的浅口皮鞋，然而一想起这双鞋子并非为了和山崎见面才买的，她又愈发没有干劲。

"玛莉娜小姐工作的店？"

小碗装的前菜送上来了，沙名子这才慢慢开了口。

山崎沉着地笑了："嗯——这个嘛，你原本是想试探我一下，对吧？因为你提过'有女性作陪的店'。你觉得如果自己猜中了，那我八成会有反应。我说得对吗？"

"但你其实知道有本小姐在女公关俱乐部兼职，对吧？"沙名子说道。

——你拿店做话题，不也是在诈我吗？

她心里这么想着，不过说个话还要耍心机也太麻烦了。既然来到这里，她就没义务继续对玛莉娜的个人情报保密。

"是啊。唉，她这也没问题吧？反正公司不禁止兼职，女士们花销又大。"

"请问你是在哪里得知的？"

"玛莉娜小姐找我拉过生意，叫我下次去她店里坐坐。那家店好像是在歌舞伎町。"

沙名子的筷子停住了，西京味噌拌波菜都差点没掉下来，她慌慌张张地用手去接。

"有本小姐会叫同事们去她兼职的店？"

第一道寿司呈上来了，山崎趁机叫住店员，说道："你好，请给我日本酒，要纯米大吟酿[1]里最好的那种，不用温了，再拿两只玻璃杯。"

"我就不喝了。"

"那个酒不错，你说不定也会想喝的。说回玛莉娜小姐啊，当然了，她并没有向全体同事都发出邀请，因为她很聪明，会仔细地挑选对象，邀的都是些看样子口风就很紧的人，我也是其中一分子。她还

1　"大吟酿"是最高等级的日本清酒，要求将酿酒原料（大米）表层进行50%以上抛光，只留下一半以下的部分进行酿酒。——译者注

说，等我去她店里，她就介绍大人物给我认识。"

沙名子头一次听到有人说玛莉娜很聪明。

"那你去那家店了吗？"沙名子问道。

日本酒上桌了，装在四角形的日式酒壶内，山崎熟练地给两只玻璃杯都斟上了酒，非常自然地喝了起来。

"没去。其实去不去都无所谓，但我就是不太想去，也不想被她收到她的个人名单里，因为我一直都是看人眼色的招待方嘛，被人招待可不适合我。对了，玛莉娜小姐当时还跟我说，在她店里的消费可以走公司报销，所以不用担心。

"她这种做法可真是挺恶劣的。不过，如果是你的话，只要一有机会，应该就会察觉到她有问题吧？

"如果那家俱乐部里有排班，那么她估计是被排在每周三出场，毕竟一到那天，她人就不在公司。这件事也是你前几天来找我之后，我才想起来的。吉村部长和玛莉娜小姐关系很好，而且他最近常在周三晚上失踪。此外，本周三他还没有安排，我认为得把这件事告诉你。"

"你刚才说，有本小姐会介绍大人物给你？难道她还会邀请我们公司的领导层和客户？也就是说……"

"你觉得她用了美人计吗？这我就不知道了，看来无视了她的邀请还真可惜呢。"

山崎和这种玩笑并不相称。他很受女同事们的欢迎，报销申请里也经常会出现女客户的名字，而且完全没听说过他有女朋友。总而言之，他是个给人感觉过于清白的男人，让人无法想象他和女人在一起的样子。

但不管怎么说，这下沙名子可欠了他一个人情。

对此，他心里估计也门儿清，所以才特地来提供情报。

沙名子吃了一份寿司。虽然心里不爽，但这里的寿司真是太可口了，再配上优质的日本酒，美味度又更上一层楼。

"西亚酒店集团和有本小姐有关系吗？"

"这我就不清楚了。我之前也说过，就算是销售负责人，也不可能知晓一切啊。"

"对方三年半前成为我们公司的客户。对吧？在你对他们开展销售工作之前，两家公司没有任何交集，那么，双方是在怎样的契机之下达成合作的？"

山崎稍作思考，然后答道："嗯——是什么来着——我当时正巧因为工作去其他酒店见人，对方给我引荐了一下。我觉得'西亚'的人看起来还挺上道，就推销了一下我们的产品。说真的，西亚酒店集团和'太阳生命'的关系一直处在蜜月期，我是压根没想到他们会选用天天肥皂。"

"你又看到了潜在的'宝藏'是吗？"

"这个嘛，毕竟他们从创业之初就一直只用'太阳生命'的东西啊，也差不多该腻了吧。那么像是给员工用的肥皂之类的，总能尝试一下别人家的啰？"

山崎看起来很高兴。他不像太阳那样情绪高涨，只是快乐地吃寿司喝酒。他的吃相很漂亮，也一直留心，及时给沙名子添酒，但并不会刻意劝酒。

"森若小姐，你怎么知道玛莉娜小姐有兼职的？"山崎问道。

"就和你推测的一样，我收到报销申请，开票人是'畑中策划'。根据实际情况，我觉得这其中有问题。"

"只有发票还远不够吧？不过你一旦找她核实，便会知道女公关店的事，所以他们才用'畑中策划'这种正儿八经的名字。"

"我在三月份的时候已经上心了，就去确认了一下，结果偶然发现了她的兼职。"

"你跟踪玛莉娜小姐，还去亲眼看了那家女公关店吗？那可是开在歌舞伎町的啊，去一次需要很大的勇气呢。比起你，我觉得麻吹小姐倒更像是会这么干的人。"

沙名子全程都没有对山崎提起过美华。

"这也是在诈我？"

"是啊，不过没什么特别用意。在麻吹小姐刚来我们公司的时候，我还想过你会是什么反应呢。结果你俩好像很合得来，这让我有些意外。不过对销售部来说，财务部可是越来越吓人了哦。"山崎笑了，说道。

"是请我认识的男士帮忙去店里拍的。"

沙名子打断了山崎的话。

她打算尽量避免让山崎接近美华，因为美华肯定比她本人所认为的更不设防。

山崎眯起了眼睛。

"拍？是想留作证据吗？能让我也看一下拍到的东西吗？"

沙名子稍稍犹豫了一会儿，便从包中取出了手机。

她觉得与其拙劣地隐瞒，还不如小心应付山崎，把他拉拢到自己这边来。

她把手机放在桌上，点击视频，开始播放。

山崎没有碰她的手机，只是默默地盯着视频看，直到播完之后才抬起头，问道："能发我一份吗？"

"抱歉，不太方便。"

"那请再播一遍。"

山崎摘下眼镜，脸上的笑容消失了，神情也变得凝重起来。他酒量似乎不是很好，眼睛下方染上了薄薄一层红晕。

沙名子觉得他这样看起来非常艳丽——尽管这个词不该用于形容男性。

她没有出声，只是再次按下了播放键。

"我有工作上的事要找山崎先生确认，今天下班后会和他一起去吃饭。"

"还是先跟你说一声。"

"哦——"

告别山崎后，沙名子在电车上看手机短信。

沙名子觉得既然太阳是她的男友，那么出于礼仪，就得提前联络他，说自己要和其他男性一起吃晚饭，结果他却只回复了这么一条信息，也没有像平时一样兴高采烈地汇报说"下班后的饺子特别好吃"之类的。

——"哦——"是什么意思啦？

——我又没有劈腿，今天的晚餐其实保密就行，但我还特地跟你报备了呢！山崎是你的同事，你只要稍微想想，就该知道他对我并没有那种意思！

——你自己也偷偷跟其他女人见面呢！

而且沙名子并不认识太阳私下去见的那位女性，对方八成喜欢他，他亦一直瞒着不说。

结果她今天不仅义务加了班，还和山崎平分了昂贵的餐费；此外，跟山崎打交道时很耗精力，这让她倍感疲惫。

——这种时候你就对我温柔点嘛！温柔不是你的"卖点"吗？

她思来想去都觉得自己没有不对的地方，太阳的不爽真是毫无道理，而她也没有理由非要把一切都解释清楚。

——但把他晾着不理也不是个事。

她盯住手机，边思考边坐了好几站。就在电车即将驶入离她家最近的车站时，她还是发了一条短信给太阳。

"我这边已经结束了。"

虽然只是这么短短一句，但她却几乎祈祷般地希望对方能够有所回应，不然她也不知道该怎么办才好。

结果太阳很快就发来了回复。

"辛苦了！我正在吃牛肉盖浇饭！"

"但你为什么要和山崎哥去吃饭啊？"

"山崎哥果然是喜欢你的吧？"

"绝对没有这回事。"

"真的只是为了工作。"

太阳的短信还是平时那个调调。

沙名子松了口气，却又对因此放心的自己感到生气。

恋爱真的很累人，负面情绪几乎就和正面的一样多。

换言之，这也是一种平衡。

她走出闸机口，发现站前大厦已经关门了，于是她又想起了一件事，便发信息说道：

"我下次想去吃寿司。"

"OK！"
"我喜欢三文鱼的！"
"去回转寿司店就行吧？"

他又非常迅速地回复了。沙名子终于安下心来，轻轻把手机按在胸前。

"我和朋友约好晚上七点碰头，虽然赶不上那家女公关俱乐部开店的时间，不过听说有本小姐上次一直待到深夜才离开，所以我觉得今天咱们来得其实也不晚。"

美华坐在沙名子对面，开口说道。

她俩正在新宿歌舞伎町的一家咖啡店，正是之前一起来过的那家；窗外的小巷里，"五星Z"那个略有故障的霓虹灯招牌还在闪烁，而店的出入口则在离招牌稍有距离的地方。

今天是周三，玛莉娜早退了，随后吉村部长和新岛部长一到点就立刻下班走人。这些情况都已由沙名子确认完毕。

见面地点是美华指定的，沙名子稍微迟到了一些，不过美华的那位朋友似乎还没来。

在等待咖啡上桌的期间，美华往桌子上放了几张照片。

画面上印着吉村和新岛两位部长的上半身，他们穿着白衬衫，面带笑容，似乎正身处在一场酒席中。其中吉村部长很富态，给人一种精力旺盛的感觉，而新岛部长则干瘦消瘦，气质沉稳。

"有些照片是登在公司网站上的，再加上真夕当年在宣传科时，曾趁着新员工欢迎会给大家拍过集体照，我就请她带了过来。之后我对照片做了放大修正处理，不久前才打印完毕，过会儿就把它们交给我的朋友内海，让他看看有本小姐是不是在店里接待这两位部长。"

"光凭照片就能认出来吗？"

"他非常擅长认人，所以应该没问题。上次我也只是给他看了有本小姐的照片，他就成功拍对人了。"

美华今天把头发扎了上去，还戴着金色的项链，在霓虹灯的映照下，小脸蛋上的眼线被衬得更加明显，宛如一只幼猫；她的鼻梁生得直挺，所以看起来很严厉，不过要是化个淡妆，搞不好会是张娃娃脸。

咖啡上桌了，味道还是一如既往的糟糕，不过非常符合眼下的情况。

"后来我联系了我以前的上司，问他和新岛部长是什么关系，原来他们是在投资研讨会上认识的。"

美华无言地喝下一口咖啡，随后说道。

"投资研讨会？"

沙名子愣是没想到这一出，反问了回去。

"那位上司专写经济类报道，参加过好几个金融业相关人士组成的团体和以他们为主召开的研讨会，新岛部长就是他在那时结识的朋友。"

"……在老年生活期间如何用钱之类的课题研究会上认识的吗？"

"是在很专业的金融人士团体里哦。"

——也就是说，新岛部长拥有金融类资产？

沙名子稍微思考了一会儿，但实在猜不出答案。新岛部长怎么说都只是一介上班族，一位忠厚老实的总务部部长，穿着批量生产的西装，平时乘电车上下班，为孩子和孙儿们的成长感到喜悦。公司里从未有过他跟谁不和的传闻，和吉村部长不同。

他是管理层的员工，但收入其实也就那样，在东京建了独栋的住宅，参加员工工资储蓄，积攒了一定的存款。

沙名子有种不好的预感。

——要是这件事只牵扯到吉村部长一个人就好了。

她能很顺利地接受吉村部长对玛莉娜的垂涎，于是乱用经费的事实。毕竟他是那群滑头的销售人员的老大，还是有可能做得出这种事的。可以理解成是他平日里各种细微的不正当行为的延伸。

"我还拜托内海在店内确认完毕后跟踪有本小姐，因为她或许和两位部长之一是情人关系。"

"……要做到这份上吗？"

"要做。如果我们要检举她，那么有据可依才比较稳妥。"

"费用呢？"沙名子问道。

找人侦察不是需要花钱吗？哪怕美华过于秉承她自己的原则，看着都超然出尘了，不过应该还是会好好答谢这位帮忙的朋友的。

"我可不打算打乱自己的年度储蓄计划，也不会动用为防止意外而准备的那部分存款。"美华果断地说道，"女公关俱乐部里的餐饮费由我来出，不过内海说当天的调查费就免了。我前几天也讲起过，他很擅长这方面的活计。"

"但这好像有点不合适啊。"

"没有比免费更贵的东西了。假如不是每次都结清报销，以后只会更麻烦。"沙名子正想这么说，美华却抬起了头。

她便止住话头，顺着美华的视线看去。

一名男子出现在咖啡店的门口，一边看着美华一边走来。

"你好啊美华，我迟到了！"他边笑边走。

沙名子有些警惕，对方是个自由工作者，而且还和媒体行业有关——即是说，他不是一个稳定的上班族，而她身边并没有这样的人。

她也不知道自己为何会有这种观念。那名男子过了三十五岁，没有穿西装，一身随处可见的夹克衫配牛仔裤打扮。他既不是胡子拉碴，也不戴墨镜，沉甸甸的挎包中似乎装了许多工作文件。

"没事，是我麻烦你了。森若小姐，这位是内海先生，我在'蜜蜂网'时的同事，现在是自由撰稿人。内海先生，这位便是森若小姐，我在天天股份有限公司财务部的同事，之前跟你提过。"

"我姓森若。"

沙名子坐着向对方点头示意。

"我是内海谅。哦，给我来杯咖啡吧。对了，今天要做什么？"

内海把名片递给沙名子，他没有戴结婚戒指，还非常自然地坐到美华边上，取出随行笔记簿子。诚如美华所说，他似乎很习惯这类任务。

"就和以前的工作内容一样。希望你确认一下上次那位小姐是否接待了照片中的两位男士。这位是新岛部长，另一位是吉村部长。"美华将照片拿给内海，说道。

"要我去看看有本玛莉娜小姐——也就是女公关'美子'和他们有没有特殊关系，是吧？"

"如果可以，也请你听听他们说了什么。"沙名子插话道。

内海盯着写真看了一会儿，然后点点头。

"明白了，应该没问题，也不是多难的事。之后我再跟着'美子'确认一下她去哪里、去见谁，对吗？"

他把照片揣进兜里，接着确认了一些东西，想必是提前准备好的摄像头。

"没错。"

"如果要确认恋爱关系，我觉得还是盯梢一个礼拜左右比较稳啦。"

"要是方便，就拜托你了。"

"我有空就办，那先走了哦。"

内海站起身来，碰都没碰咖啡。

美华付钱的时候，沙名子和内海两人走进了狭窄的电梯间。

"连你都被卷进来了，很难做吧？美华很有冲劲也很鲁莽，是她非要拉着你吗？"

他的语气比刚才缓和了不少，沙名子原本很紧张，但现在却觉得整个氛围似乎都松弛了下来。

"没这回事。"

"她正义感和行动力都很强，可就是'嗅觉'不太敏锐，该说是不会看场合呢还是太想当然了呢？这样很危险，不过没办法。当然，我只要被人拜托了，那么对方说什么都会听的。"

"没关系。"

沙名子摇摇头，她和美华都不是小孩子了，她是凭自己的意愿参与进来的。

内海对美华直呼其名，可美华对他似乎还是有些距离感。

"内海先生，你和麻吹小姐关系很好吗？"沙名子问道。

内海笑着把挎包往肩上提了提，他的笑容让人倍感亲切，这一点相当不错。

"我们那时候都是新闻网站的记者，也是工作搭档，美华总被人叫'野猪崽'或者'小老虎'，她老觉得'不入虎穴，焉得虎子'。敢闯虎穴是不错，不过在关键时刻出错就会被老虎吃掉啊，所以没法放着她不管，结果就一直持续到现在啦。"

——"野猪崽""小老虎"？说起来美华以前好像是被人说过像只老虎似的，其实就是取了这层含义吗？

"你们以前交往过？"

沙名子横下心把话问了出来，倒没什么别的理由，只是她觉得他和美华不只是朋友那么简单。

内海挠了挠鼻子，似乎有些害臊。

"呃，美华连这都跟你说了？唉，差不多吧，虽然发生了很多事，我们分手了，但也不至于相互讨厌啦……"

"这家伙没告诉我他有老婆。"

美华突然插了进来。

她挤入沙名子和内海中间，板着一张脸摁下了电梯按键。

"咦？是婚外情……"沙名子忍不住嘀咕道。

"不是，我没骗人啊，虽然没交代自己正在协商离婚是我不对，不过美华没问，我也就没说啊。"内海立刻抢着对她俩辩解道。

"一个人住在脏兮兮的房子里，谁都会觉得你是单身吧！"

——这算什么理由？

但在沙名子生气之前，美华肯定已经斜着眼睛瞪着内海了。

——对！就是这样！

沙名子赞同美华的意见。

——开什么玩笑，居然让人家"被小三"！你把姑娘家的青春当成什么了？

更别说美华是个有精神洁癖的人了，一旦知道恋人已婚，肯定很震惊。

这件事美华做得对，免费差使内海也没关系，沙名子准了！

电梯的门开了，内海用求助的眼神望向沙名子，却受到了冷眼回敬。

"美华啊，总之我会加油的……"

现在他们身处在狭小的电梯厢中，局面又是二对一，他已经没有了原先的从容，小声地嘟嘟哝哝。

"美华小姐，你太不容易了。"

看到内海进了"五星Z"之后，沙名子和美华一起往新宿站走着。

美华这次好像准备回家待命。

她住在市内一家公寓里，她说过那是她父母的产业，所以不用付租金。从她亮眼的学历、留学经历以及兴趣爱好中可以看出，她应该出生在富裕人家。

只要她乐意，完全可以轻松自在地过活，但她还是一路在职场辗转，最后来到了天天股份有限公司的财务部，沙名子觉得这就是她贯彻自身信条，坚持"公平"的结果。

"是啊，'蜜蜂网'是家好公司，不过经历了很多事之后，我觉得自己不可能成为记者。其实我都忘了这些事了，不过现在又想起来啦。"

"抱歉。"

"你没什么要道歉的啊，是我把内海叫过来的，而且只是因为他干得来这件事而已。"

美华细细的鞋跟踩在柏油马路上，发出"咔、咔、咔"的声响。

她们两人都沉默着，并肩前行。走着走着，已经能看到车站了，这时美华突然开口问道："森若小姐，你有男友吗？"

沙名子略有些为难，但还是回答说："有，请不要告诉别人。"

"是吗……原来如此。"

美华自言自语道，然后微微低下头。

街灯下，她长长的睫毛在脸颊上投下了影子。

沙名子觉得，美华现在还是喜欢内海的。可这样一来，她心里肯定懊悔着自己为什么要那么喜欢他。那场恋爱给她造成的伤害至今仍未痊愈，而遭到欺骗的愤怒也一直残留在胸中。明明只要放弃这段感情就好，可是却又没法轻易地讨厌对方。

沙名子不知道这时候该说些什么才好。

"美华小姐，我们……上哪儿去吃点东西好吗？现在还不是很晚，而且好不容易才来一次新宿。"

沙名子有些笨拙地邀请着美华。

"说得是，我也想跟你商量下之后的事。"

美华答应了，这是她们俩第二次共进晚餐。

"森若小姐，现在方便吗？"

第二天，沙名子正在财务室里工作，山崎进来找她。

沙名子有了戒心。

财务室里没别人在，新发田部长有会议，真夕去银行和邮局了，美华则在其他办公室里接受勇太郎的培训。

沙名子偶尔会碰上这种自己独处的情况，每到这时她都感到心情平静，可以慢悠悠地泡上一杯奶茶，边喝边阅读文件。

"你好，请问有什么事？要交发票吗？"

"真是的，别摆出这么吓人的表情啊，我有件事要拜托你——昨天你们去新宿了吗？"

——果然。

从看见来人是山崎的那一刻起，她就料到他是来说这件事的了，而且肯定是瞄准了她一个人待着的时候。

"我不想回答。"

"其实你不用那么端着啦，要是我打算跟吉村部长打小报告，早就找他说了，而且我不是也告诉了你很多情报吗？还是说我得等你和麻吹小姐都在时过来问？"

沙名子很想回绝他，但是自己确实欠了他人情，在有别人在场的时候聊起这件事也很麻烦。

"山崎先生，你要拜托我什么事？"

"如果你们昨天也拍了视频，我想看一看。"

"我还不知道昨天有没有拍到东西，等对方发过来了我会考虑的。不过这些话都是我说的，所以请别去问麻吹小姐。"沙名子回答道。

"敢闯虎穴是不错，不过在关键时刻出错就会被老虎吃掉啊。"

她想起了内海对美华的评价，山崎就是那头系着粉色领带的老虎。她并不是特意关照美华，只是由她自己一个人来应付山崎的话，状况反而没那么麻烦。

"你是对接人吧？我记住了。还有一点，希望你能把事暂时压一会儿，不然对吉村部长来说，局面可能会变得有些棘手。"

山崎似乎很开心，就像是在进行业务联络一样。

"你这是身为部下在袒护上司吗？"沙名子问道。

真是意外，她本以为山崎对升官发财毫无兴趣，而且以前也是这么听说的。在旁人看来，他很受吉村部长喜欢，但他并没有积极地向部长献媚，反倒是吉村部长小心翼翼地对待他。

"是呀，不过不光是这样，其实我相当信任吉村部长，不管是作为管理层的他、销售部老大的他，还是他本人。"山崎笑了，"在你们财务部眼里，他可能经常胡来，老干些火中取栗的事，但实际上他很细心，会谨慎确认好这火不会烧伤自己再行动，直觉也灵光，更重要的是他很爱公司。像是虚假接待啊，有本玛莉娜小姐偷买个名牌包啊之类的都只是小事。因为这些就失去他的话，实在是有些浪费了。"

"我只是最基层的财务人员，不懂这些是小事还是大事，不过一旦发现报销有问题，总不可能不跟新发田部长汇报。"

"这就没办法了，可新发田部长大概全都心里有数。"

山崎说得很干脆。

"有数？你指有本小姐的兼职，还是部长们的虚假接待？"

"两者皆有。因为吉村部长和新发田部长关系很好啊——森若小姐，你能把上次给我看的视频再播一次吗？我有事情要告诉你，当然，我不会强迫你。"

——吉村部长和新发田部长两人水火不相容，彼此性格不同，只知道吵架……他俩……关系……很好？

——话说回来，R2-D2和C-3PO[1]确实总争执不下，但之后又会相互合作。

看样子，美华一时半会还回不来，沙名子便取出自己的手机，放在桌上，点开视频。

1 　"C-3PO"是著名科幻电影《星球大战》系列中的礼仪机器人，外形特征是金色的外壳和面无表情的脸，性格有些神经质。"R2-D2"是同作品中的宇航技工机器人，机智但鲁莽，外形特征是一个粗壮的圆筒。——译者注

视频里的玛莉娜正化身女公关，接待着两名男士，山崎前几天也已经看过了。

其中一位男士身着西装，年纪在五十岁左右，另一位稍微年轻些，随意地穿着衬衫。时值白色情人节，穿衬衫的男士把一只白色的盒子给了玛莉娜，而她几乎不说话，只是带着神秘的微笑，倾听他们的谈话。她佩戴的大耳环和项链正熠熠生辉。

"这位先生是'太阳生命'的执行董事——土井光幸。"山崎指着玛莉娜身边的西装男子说道。

沙名子看向山崎。

山崎却神色如常，就像在介绍以前品尝过的佳肴菜单一般介绍着"太阳生命"的高层干部。

"太阳生命？"

"我很擅长记人的长相，记性好到自己都嫌烦。当然严格说来，我记住的也不是具体的长相。"

视频画面开始摇晃，内海拍够了土井的脸，镜头又转向桌子以及桌边的衬衫男子。

"我以前见过一次'太阳生命'的领导们，所以还记得他们，于是稍微调查了一下，就查到了土井先生的名字和照片。

"然后另一位年轻一些的是MMG公司的总经理。这家公司全称是'牧原市场集团'，专门从事投资和企业收购业务。土井先生面前的桌上放着一张名片对吧，上面这个很特别的标志就念作

'MMG'。从这位先生的年纪来看，应该不是他们的牧原社长。如果调高画面解析度再放大，或许还能看清他的名字。不过既然递出了名片，就说明这两位先生并非朋友关系，而是今天第一次见面。"

"这其中有什么说道吗？"

"有本玛莉娜小姐给专门收购企业的公司的总经理和'太阳生命'的执行董事牵了线，那很可能是由西亚酒店集团的人介绍过来的，所以有本小姐应该见过'西亚'的人。"

"收购企业又是？"

"Mergers and Acquisitions，即'M & A'。有一类企业就是专做企业合并和收购的，因为小公司没法胜过外企，而大公司却有能力把中小企业兢兢业业培养起来的品牌和顾客都搞到手。总之就是能形成一种互惠互利的'双赢'关系。

"天天股份有限公司就是一家弱不禁风的中小企业，只有业绩还过得去，肥皂的口碑也很好。如今'天天'的董事秘书安排了做M & A业务的公司的总经理和'太阳生命'的领导层碰头，加上最近还和'天天'的销售部长、总务部长、制造部长见面，这其中的意义你也明白吧？"

"制造部长？"

"是的，昨晚姊崎部长也来了，你没有调查吗？如果有视频，我估摸着他应该也被拍到了。"山崎似乎有些懒得说明，但还是继续补充道，"姊崎部长从静冈来东京出差，昨天傍晚六点多就离开了总公司，顺便再说一句，新发田部长倒是留在公司，円城格马专务去大阪开会了，円城社长在九州的温泉旅馆出差。趁着社长不在的功夫，公司的三名管理人员聚在一起，假如他们碰面的对象还是'太阳生命'和牧原市场集团的人……你不觉得这局面还挺有趣的吗？"

沙名子用手抵着额头。

这简直令人难以置信。

"收购……或者合并吗？"她喃喃自语道。

如果对方是"太阳生命"，那无论怎么想，自家公司都和他们处在不对等的地位，所以"天天"才是会被"吃掉"的一方。

"这也不过是我的推测，其他的我就不知道了。"

山崎的推测经常会命中事实，毕竟他总能发现无人知晓的宝藏。

"你想要我做什么？"

沙名子说道。如果山崎的话成真了，那她可是挖出了不得了的内幕。

她一边期望着同科同事们赶紧回来，随便谁都行，但一边又祈祷着大家再离开得久一些。好不容易决算工作完成了，工作变轻松了一些，怎么又出了这种事。

"所以我不是说过了吗，希望你暂时保密，我也不确定该怎么办才好。本来倒是可以去找吉村部长旁敲侧击一下看看，不过既然知道他也有份，我就不能介入了，又没法跟他提和公司经营相关的话题。"

"那你为什么想看这些视频？"

"因为他的立场如果歪了，我会很头疼啊，所以我想知道谁和谁见了面，以及他在其中担任怎样的角色。既然我是销售部的人，那么当然希望尽可能地边玩乐边过日子啦，这可是我的方针啊。"

"这就是你的理由？仅此而已？"

"是的，我才不操心公司会怎样呢，也没这个必要。森若小姐，你也是这样的人吧？"

山崎一不留神说漏了嘴。

沙名子其实也抱着这种观念，她对公司才没什么热爱之情。

所谓公司就是按劳发薪的地方，她也只是参加面试然后拿到了录用通知，此处并非她心仪的企业。虽然她在用天天肥皂和"天堂洗浴"系列，但也同样使用"太阳生命"的液态美体皂、迅速起泡浴盐和"健康芬芳洗浴"系列产品。

可即便如此，一想到天天股份有限公司或许会因此消失，她只觉得背后一凉，无条件地反感了起来。

——这是为什么呢？

财务室的门口传来嘈杂声，原来是勇太郎和美华回来了。

勇太郎有些怒意，估计是美华发现了什么矛盾点，开始反驳他。美华看都没看山崎和沙名子一眼，黑着一张脸，若有所思地翻开了文件。

山崎弯下腰，从沙名子的桌上拿起黏性便笺和圆珠笔，写下一些数字与文字，然后把便笺牢牢贴在沙名子的笔记本电脑上。

他的头发凑到了沙名子眼前，发丝纤细，清爽柔顺得犹如十几岁的女生。

"那我先走了，如果有什么新动向还请联系我，这是我私人的手机号码和邮箱地址。晚上我会把公司发的手机关掉，当然要找我抱怨恋爱对象也是可以的哦。"

离开沙名子的办公桌前，山崎压低了声音对她说道。

沙名子没能拒绝，只好目送着他。

"——抱歉，我回来迟了！"

真夕飞奔进财务室，她似乎又按惯例在算工资前买了星巴克的咖啡。

总务部的同事也走了进来，同时问道是否可以报销。财务室迅速恢复了热闹。

第三话 谈恋爱的性价比太低了

"树菜无论如何都想吃水果奶油蛋糕，我就去超市给她买了，结果她说不是那种。"

镰本坐在副驾驶席上，面带喜色地说道。

现在是某个工作日的午后，太阳又驾驶着自己常开的那辆白色"玛驰"（车是公司的），载着镰本一起去他们负责的那些美妆药店晃一遍。

平时太阳都是自己一个人去的，而这次镰本之所以会同行，是因为"天天"的夏日折扣促销活动开始了。消费者凡在活动期间购买指定商品，集齐封口贴纸，即可得到一份赠品。今年的赠品是迷你托特包和挂件，而且还能参加抽奖，奖品包括冲绳的SPA度假酒店双人旅行券（共计三套），以及能边泡澡边看的防水电视机（共计二十台）。

其实公司每年都会搞这样的活动，所以门店那边都了解情况，不过逐家拜访的话，对方也会更卖力帮忙，把商品摆在更理想的销售位；如果和女店员们搞好关系，还能得到一些宝贵的意见，比如"我女儿很喜欢新发售的泡澡粉""托特包的提手再长一点就好了"等。

"结果我没法子，就去超市给她买了巧克力蛋糕。小女孩就是那么任性，真让人头疼，不过算了，毕竟她够年轻。"

"这不挺好吗？"

太阳一边开车一边随便附和几句。

树菜是镰本的女朋友，他正在晒他俩之间的小恩爱，估计因为太阳是介绍人，这些话也容易说出口。

这对太阳来说是件好事。其实之前树菜和前男友相处得不顺利，而太阳一开始只是为了做做样子才硬把镰本硬塞给她的。

镰本不是坏人，但他比树菜大一轮，对女性的要求也很高；再说回树菜，虽然她长得可爱，可又会无意识地瞎折腾男人。

她要是生气了，对镰本说什么难听话都不奇怪，不过没想到他俩居然交往了，男女之间果然充满了不可预知的奥妙。

"你下次去百货大厦地下商场里的甜品店给她买些点心怎么样？山村世界堂那个带卡仕达酱的'世界华夫饼'可好吃了！"

"要去百货大厦地下商场里买吗？很不划算啊。树菜是个单纯的姑娘，不会抱怨的啦。太阳你怎么样？还好不？"

镰本自顾自说够了，便将话头一转，对准了太阳。

"我？"

"你不是说交到女朋友了吗？"

"啊——就正常处着呗。"

——不过我真是很努力了，追了她好久才能这样正常地交往的啊。

"她多大了？"

"和我差不多。"

"那不是奔三了？你还真找这样的女人啊？皮肤都老化了吧？"

"人家皮肤好得很，毕竟在用天天肥皂哦！"

一旦有人提到与"皮肤"有关的话题，就要立刻回一句"天天肥皂最棒"，这是天天股份有限公司员工们的一项业务技巧，曾由镰本传授给太阳。

太阳觉得差不多可以对镰本他们公开他正在和沙名子交往的事实了，不过沙名子绝对不想让公司里的人知道，谁都不行，所以太阳也只能乖乖遵守。

确实，沙名子是一名财务人员，从她的立场来考虑，一旦暴露自己的男友是销售部的太阳，她便会很难做。

而且说到底，太阳实在太喜欢沙名子了，出差中途吃到好吃的东西也会想让她尝尝；每当遇到困难，都会思考如果她是当事人会怎么说；去财务室看到她时，总觉得她可爱又能干，十分厉害，头脑聪明，性情温柔，虽然有点古怪，但还是很可爱，同时还在心中夸奖自己真了不起，居然能和这样的姑娘恋爱。

他在大学时期非常自然地和前女友开始交往，而工作后又非常自然地和对方分了手。前女友当然也是可爱的，不过他总有种两人是"合得来的朋友"的感觉，并没有对沙名子那样的感情——不，其实他对前两任女友也是一样的想法，而且怎么想都不明白这其中到底有什么区别。

"太阳啊，三十来岁的女人可麻烦了，已经不再纯真，你大概还不明白吧。不过树菜只有二十四岁，还是很不错的。"

"我不讲究年纪啦。树菜最近好吗？"

"树菜？"

"啊，树菜小姐。抱歉我没注意礼貌，因为她也算是我学妹，一不留神就直接叫名字了。"

镰本斜着眼睛瞪着他，他赶紧改了称呼。女友被其他男人直呼其名确实让人不爽。

他想用姓氏来称呼树菜，但却怎么也想不起来了。树菜曾和他待过同一个社团，然而他们并不在同一所大学，年纪又相差三岁，几乎没有什么交集。最近他俩偶然碰上了，然而在这次重逢之前，他甚至都没好好和树菜讲过话。

他们到了要去的美妆药店，太阳把车停在离目的地最远的停车场，然后从行李箱里取出平板推车，把装有赠品的纸板箱垒了上去。

"树菜很想要这个啊，给她这个当生日礼物倒是正好，你觉得呢？"

镰本看着纸箱中装着的迷你托特包说道。

这款托特包整体呈深蓝色，中间有一个被圆环包围着的"天"字，字体和圆环都是布料的本色。整个设计透出一种质朴的可爱，正备受好评。

"挺不错的，树菜小姐好像很喜欢我们公司呢。"太阳说道。

和镰本交往前，树菜找太阳商量过有关前男友的糟心事，那时她还说过想找一个在天天股份有限公司工作的对象。如今，她的愿望实现了，太阳打心眼里为她庆幸。

"是吧？这个很少见呀，就它了！"

太阳心想，生日礼物该不会就这玩意儿吧？不过他立刻打消了这种想法。毕竟镰本那么喜欢比他小上一轮的树菜，而且两人才刚刚相处不久，所以总得再加个首饰之类的才对。

"但是不能拿赠品哦，数量都是算好的，没有多余，公司里可能还有出样用的库存，只是得先问问立冈哥才能确定到底能不能弄一个。"

"这我懂。"

太阳边运赠品，边等对接人过来。这时，他的手机响了。

他随手掏出手机，点开LINE，结果却顿住了。

"太阳君你好吗？我是树菜。"

"其实我有些事想找你谈谈。"

"就是镰本哥啦……"

"我也只能找你说了。"

"下次能碰个面吗？行吗？"

LINE后面还附了照片，画面中的她穿着粉红色的T恤，脸上带着几分困惑。

——搞什么啊……

"太阳，去那边！"

他刚站着不动，镰本就来催了。他慌忙把手机揣回裤兜，推着推车追在镰本后面。

"二十一台防水电视机，用作赠品——这应该是去年活动结束之后，作为九月份的报销跟公司申请的。"

财务室里，沙名子正在和销售部的立冈对话。

立冈三十多岁，是位销售人员，偶尔也会耍些小滑头，不过总体还是相当认真的。他从几年前起便一直负责公司的夏季促销活动。

"我和电器生产厂家那边的对接人谈过了，他们的产品会在今年夏天更新换代，因此九月起售价会上调20%，但如果现在就下单采购旧款，倒是可以打折。所以这次比往年都更早申购，而且我们在宣传物料上也使用了旧款机型的照片。"

"对方发货了吗？"

"除了付款，其他环节都和以前一样，货也先寄存在他们那里，到九月时我会去监督他们，请他们直接发货给中奖者。"

"第二份催款单上写了发货给开发室，不过开发室还没有拿任何单据过来，请问你跟他们的负责人联系过吗？"沙名子说道。

她收到了两份厂家催款单，原来在这一批电视机中，有二十台给了销售部，剩下一台则归开发室，应该是他们对生产厂家说了让他们分开写。

开发室很早以前就想要添置一台新型的便携式防水电视机，用作科室设备，目的在于确认边泡澡边看电视时，肥皂或加了泡澡粉的热水不会对其造成影响，而非为了收看节目。由于批量采购时价格更优惠，于是他们就搭销售部的"便车"，用自己的预算买了一台。

"我已经把催款单的复印件发给开发室的负责人镜小姐了。既然原件有两张，我觉得还是收在一起比较合适，不要拆开。开发室那边的发票估计近期就会来的。"

"明白了，等镜小姐的发票寄到，我就划款给你。"

"还请你在本月内处理完这件事，我也会去找镜小姐再提一下的。"

立冈为人一板一眼的，很适合负责公司内外那些烦琐的沟通工作以及操办促销活动。

"这是今年的活动赠品，财务部三位女同事们一人一份，请收下吧。"

发票的问题已经聊完了，立冈递给沙名子一只纸袋。

袋中装着三只包和三个挂件，以一只包加一个挂件为一份，共分成三份，用透明塑料袋逐份封好。

"我们拿着合适吗？"

"按说是只有满额的顾客才有，不过我们一直受到财务部的照顾，所以也得表示一下。其实历年来，我们都会再额外多做几个赠品，留给女同事们。"

"非常感谢。"

沙名子收下赠品。

尽管她没有勇气去用这种公然写着一个"天"字的托特包和挂件，不过姑且还是收着，兴许派得上用场。

"真夕，这是我们收到的赠品，这份给你。"

立冈离开之后，沙名子把托特包和挂件给了真夕，只见她两眼放光。

"哇——我很想要这个啊！拿来装午餐正合适，我用的那只还是很久之前的，现在已经好旧了。今年的赠品包那么可爱，我可想弄一只了，真开心啊！"

真夕立刻就拆开透明袋，把挂件挂到了托特包的提手上。

再看看身旁的美华，只见她一脸难以描述的表情，抓起那只迷你托特包，端详着它。

在她至今为止的人生中，肯定从未出现过这种能在美妆药店得到的赠品小包。

沙名子把包和挂件收进抽屉，然后继续工作。

"啊——这只黑猫就是'小蚬贝'吧？三花猫是'金枪鱼'？我之前还以为黑色的那只肯定是'金枪鱼'。"太阳在沙名子身边说道。

现在是周末傍晚，他俩中午吃了回转寿司，然后来家电卖场逛逛，因为太阳说有想看的家电。

"为什么？不管怎么想都会觉得体型更大的是'金枪鱼'，而小的才是'小蚬贝'吧？"沙名子说道。

她的老家有两只猫，都是被她搭救的。最开始，她捡到的小猫共有五只，之后她给其中三只找到了收养的人家，剩下两只没去处，她便把它们养在自己家了。

救下小猫们的那天，家里正好吃生鱼片配蛤仔味噌汤，于是她便按它们的体型，从大到小依次取名为：金枪鱼、中鰤鱼、三文鱼、小蛤仔、小蚬贝。而"小蚬贝"就是那只最小的黑猫。她一直琢磨着给它们改名，可是叫着叫着也就这么定下来了。

"因为是全黑的呀，所以是金枪鱼啊。"

听太阳这么回答，沙名子一惊。

"……原来如此……金枪鱼就是黑色的……原来还能有这种视角……我都没注意到……"

"虽然我也不太确定，但我的话是不是让你受到了冲击？"太阳看着新的行车导航仪，口中还念念有词，"我还是去买辆车吧，可是车位好贵哦。"

他这阵子一直在为该不该买车而烦恼，沙名子都想叫他把资产、每月支出以及养车费估一下报给她，她可以帮着做个试算，看看到底能不能买车。

她正准备打声招呼，说如果他还要继续看电器，那么自己就先去其他卖场了，可他的手机却在这时响了起来。

听起来是LINE的信息提示音，太阳看了看手机，便又将它塞进口袋，表情复杂。他飞快地看了沙名子一眼，一副迟迟疑疑、欲言又止的样子。

"有工作？"沙名子问道。

"是镰本哥的女朋友啦。"

太阳说得含糊不清，感觉他其实不想如实道来，但又没法把这事当成秘密。

"镰本先生？"

"是啊，我也认识他女朋友——啊，上次圣诞节时有个女生和我们偶然碰上了，对吧？镰本哥现在好像就在和她交往呢。"

"就是情人节送巧克力给你的那位小姐吧？她出什么事了？"

"我只点开了她的对话窗口，但没管内容，所以不知道她又怎么了。其实我根本不想听她说话，可是开'拒收信息'功能又很难看嘛。她和镰本哥之间可能出问题了，因为我觉得镰本哥好像不太会应付她。"

镰本是太阳的前辈，沙名子回想了一下，只记得他报销时，表单和发票都准备得很周到，没什么差错，可却有些怪毛病。

"比如？"

"她说想吃蛋糕，镰本哥就去超市给她买了，唉，这倒没什么。现在她的生日快到了，镰本哥说打算送她公司的赠品，就是那个迷你托特包。虽然她本人好像也很想要，可我还是有点纳闷，不会就光送这么一个包吧？"

——说起来，太阳送给我的生日礼物也只是一个黑猫形状的马克杯啊，当然我很喜欢就是了……

"我也有那个托特包，立冈先生给的。我是不会在公司里用啦，但它今年好像很有人气呢。对了，那位小姐老是发LINE给你吗？"

"情人节之后就没有再发过了，这阵子才刚找上我，今天这是第二次，大概想跟我谈谈镰本哥的事。我能去和她见面吗？"

——见你个鬼。

沙名子摁住真实的想法，想起了那个只有一面之缘的学妹。

——她是叫树菜没错吧？我觉得她喜欢你，所以才会在二月中旬的周末把你叫出去，还送你心形的巧克力。

尽管她是这么认为的，但树菜不知什么时候跟镰本好上了，现在又想找太阳说话，真是看不懂。

"这不是我能决定的事吧？"

"说得也是——反正沙名子你也和山崎哥见面了。"

——怎么又提到山崎了？那顿晚饭也是工作的一部分啊，居然用那件事来跟我扯平？太狡猾了！

她有一堆话想说，不过现在烦恼的是眼前该怎么做。闹别扭的话就跟个小孩子似的，而且一旦说开了，后续估计会很不妙。

"今天来我家吗？"

太阳把手里的产品放回货架，改变了话题，似乎是在服软。

"差不多该回去了，我还有事呢。啊，难得来一次，我要去百货大厦的地下商场买些世界华夫饼。"

"那我也去，那个真是好吃。"

太阳迈开步子，还顺势牵住了沙名子的手。

今天是休息日，又是在新宿，说不定会碰上认识的人，于是沙名子甩开了他的手。

"你别误会。"太阳嘟嘟囔囔的。

"我没有。"

"那就好。"

太阳看着沙名子，表情罕见地认真，还透出几分伟大的感觉，让沙名子有些想笑。

太阳似乎受到感染，笑了出来。

——他的笑容果然很棒。

"我很任性吗？真的吗？"

"我也不明白啊。"

"我只是想要和小义两个人待在一起嘛。"

"但是小义说不行。"

"生日的时候也不能跟男朋友说些任性的话吗？"

"太阳君，你怎么看的？"

"我现在在新宿，可以见个面吗？"

"抱歉，我现在和女朋友在一起啊。"

太阳回复了树菜之后，就靠倒在沙发上，打开电视机。

他本来想好了邀沙名子过来，于是提前搞了卫生，现在房间里非常整洁，平时堆满了东西的沙发和桌子都干干净净。

接下来倒也不是不能和树菜约一下碰面，但天色已晚，这么做到底让人觉得不踏实，对沙名子和镰本都不厚道。再加上沙名子似乎也不希望他和树菜见面。

——"如果对象是太阳你啊，我趁着结婚之前跟你睡一次也行。"

——这话好像是希梨香说的。

虽然曾被人误解过，但太阳在恋爱方面其实很笨拙，只会和所有普通人一样珍惜着眼前人。

桃花运旺是很令人愉快，不过"天堂咖啡"的小针店长、单亲妈妈曾根崎梅莉以及在美妆药店打工的主妇们都很喜欢他，光是应付她们就已经让他超负荷运转了。他想认真细心地和沙名子交往下去，但现在"天堂咖啡"刚营业不久，连大阪销售点的工作都向他压来，他着实忙碌。

　　树菜很快就发来了回复。太阳一边吃着方才买回来的巧克力味"世界华夫饼"，一边横躺着看LINE。

　　　　"所以我们什么时候能见面？"
　　　　"我知道太阳君你是有女朋友的。"
　　　　"所以放心吧，我没有什么坏心思。"

　　　　"这段时间都不太方便。"
　　　　"有事在 LINE 上讲就好。"
　　　　"如果能告诉镰本哥，就去跟他报备一下吧。"

　　　　"非常感谢！"
　　　　"可能会说很久，你愿意听吗？"

　　他本来只是打算随便应付一下，结果树菜却高高兴兴地发来了一堆消息，都不知道是在抱怨还是在秀恩爱。虽然内容写得很长，不过反正闲着，他也就全都读了。

　　他其实很希望偶尔能像这样，和沙名子一起懒散又随意地相处着，有一搭没一搭地聊聊天。

　　树菜好像叫镰本"小义"，两人基本上处得不错，不过镰本似乎总是不肯待她温柔一些。

如果她迟到了，镰本就会生气；在她身体不适的时候，他也不关心；她说想吃意大利面，他却带她去了连锁的中华料理店；他还叫她穿着迷你裙来约会。此外，镰本总是缠着磨着非要去她家看看，她说要是买蛋糕来就让他进门，结果他买来的居然是超市里卖的小块蛋糕，上面只有小小的半颗草莓。

而她本以为能吃到铺满了水果的大蛋糕，因此感到非常失望。

"啊，不过我和小义之间还什么都没发生过哦，因为我当时很伤心，就直接把他赶出去了，结果他又去便利店买了新蛋糕，一脸还想再进我房间的样子，我就装傻没让。"

"我觉得这样一来，我们就更加了解对方了。"

"恋爱里最重要的，是真心。"

"太阳君，请你不要误会。"

——不，我才没误会呢，因为我压根不想思考镰本哥去树菜家是要做什么……

他有些困惑，不知道该怎么回复比较好，这时树菜又继续发来了消息，说自己的生日就快到了。

"再过一个月，我就二十五岁了。"

　　"所以那是个很重要的日子。"

　　"你们公司现在在搞促销活动吧？"

　　"我说，生日礼物就要你们的赠品好了，其他什么都不用了。"

　　"但小义却说不行。"

　　"因为这批赠品的数量是定死的，就算是销售人员也不能自说自话拿走啊。"

　　"实际上镰本哥对你可认真了，总想着你。"

　　太阳在这一刻恢复了销售人员的立场，回复她道。

　　因为听她说生日将近，他还想了想到底有多近——结果她好像是七月出生的，还得再过一个多月才过生日呢。

　　镰本看着就不像是会为恋爱花钱的人，可是生日礼物居然只有男友公司的促销赠品，树菜也真是够可怜的了。

　　——但话说回来，镰本哥为什么拒绝呢？他一看到那个赠品包就问送给树菜做生日礼物怎么样，对她可上心了。

　　——难道是想给树菜一个惊喜？所以故意冷落她，等到她生日当天再让她开开心心地过吗？

　　——我作为后辈，应该支援他一下吗？

　　下一条LINE就是树菜的自拍照了，她正穿着短裤，抱膝坐着，脸蛋和露出的大腿都很可爱。

太阳正打算找个机会结束话题，却收到了沙名子发来的短信，里面还附有照片。

太阳心头一阵惊喜，点开发现是从阳台上拍出去的天空。

"我到家了哦。"

"夕阳真的很美，所以我把这一幕拍了下来。"

"还是你更美啦！"

"早点睡吧。"

即使她立刻就回复了消息，可还是一如既往地冷淡。不过她会没事发照片过来，光这一点也算是种进步了。

外头暮色渐浓，太阳在自己房里看向窗外的天空，独自一个人露出了笑容。

"所以啊，女人的性价比真是太低了。"

镰本心情很糟糕。

傍晚时分，镰本和太阳二人把车停在停车场，然后提着沉甸甸的纸袋往总公司走去。

"天堂咖啡"换上了夏季风格的内部装潢，纸袋里就装着从之前的布置里撤下来的商品。

昨天打烊后，在场"监督"了内装改换工作的人是太阳，而他俩今天只是来看看来客的情况，因此镰本不该这么累才对。

"不管为女人花多少钱，她都不会注意到的。她要你请吃饭、问你讨礼物，一旦分手，男方就净亏了，但要是结婚，工资便全归女人管，甚至还要你做家务，最后果然是赔了个精光。男人可真吃亏，找个年轻姑娘倒还好说，可她们总会老的啊，到时候继续养着一个老太婆有什么意思？男人在公司里就够低头哈腰的了，凭什么出了公司还得继续低声下气啊？这简直有病吧？"

"那AA制不就得了？"

"哪有这种女人啊！"

——有倒是有……

恋爱之后确实会牵扯到钱，反而太阳从没觉得吃亏。沙名子就是奉行AA制的人，他之前的女友也是这样，他反倒希望她们多依赖他一点。

其实他情愿把他俩在外面吃饭时的钱全出了，也想尝一下沙名子亲手做的料理。她会带便当来公司，虽然他只瞄了一眼，不过那些饭菜看着非常美味。

她曾经为他做过巧克力，可那时候发生了很多事情，说真的他已经记不得那巧克力的滋味了。有一次，他尝试着稍微向她提了一下，结果对方只是冷淡地回答说她不是为了给别人吃才下厨的。这让他有些失落。

住在自己父母家的镰本才不会明白这种感觉。

镰本已经过了三十五岁，仍是单身，太阳觉得这是因为他讨厌女人，不过奇怪的是，他还偏偏老是说起女人。

尤其是现在，他都有了女朋友树菜，却仍不改旧习。

"女人只知道要这要那的，像这次的促销活动不就是吗？喜欢那个托特包就自己去买啊。"

"包上那个'天'字好像蛮不错哦，小针店长也很喜欢。"

"小针啊，亏我还当她是个好女人。"

"没办法，今天太忙了，需要优先照顾客人们。而且店长她为了做新菜单，今天早上七点就到店，昨天也忙到很晚才走，很了不起。"

太阳为"天堂咖啡"的女店长小针说了几句好话。其实镰本挺喜欢她的，然而今天她却有些冷淡——结果镰本因此心情不佳。

不知为何，凡是他中意的女性们，在经过一段时间之后，都不再乐意多搭理他。如此一来，他也就越发厌恶女性。

"她肯定就是因为那副德性才结不了婚的——太阳，那个赠品包还有多余的吗？当然我还没拿就是了。"

听镰本这么说，太阳倒是吃了一惊，心想他居然还没拿到！他还以为镰本早就去弄来一只了，好送给树菜。

"我手里也没有啊，小针店长收到的那份是我提前拜托立冈哥留好的，毕竟平时受了她很多照顾。"

"这样啊……"

"你如果想要还是趁早下手吧，今年这个包口碑可好了，立冈哥说很快就发完了。"

"可立冈居然连展厅那个室田都给了，私心真重。"

"好像是最先给了她吧。"

——因为室田千晶是立冈哥的女朋友。

太阳把后半句话吞了下去。

销售人员们基本都知道这件事，千晶身材窈窕，待人客气，镰本也一度很喜欢她，不过自从她和立冈交往起，镰本就不时会说她的坏话，结果都被她本人暗暗躲着走了。

"室田根本就是想着找男人才来我们公司的吧？真有本事啊她，钓得漂亮！立冈也够惨的。"

"立冈哥看着挺幸福呀！镰本哥你呢？打算送这个托特包给树菜小姐，是吗？"

太阳问道。他虽然没告诉镰本树菜在LINE上联系了他，不过在镰本心情恶劣的时候，最好还是把话题拉回到树菜身上。

"这个嘛，树菜和别的女人都不一样，她觉得恋爱中最重要的是真心，只要有爱，其他什么都不用。"

"是啊，之前你也讲过，对树菜小姐来说，便利店买来的蛋糕就很好了，那么其他的可能也会让她很高兴哦，比如那种上面堆满了水果的蛋糕。"

"便利店的蛋糕肯定足够了啦，那种不划算的水果蛋糕她才不想要呢，现在哪还有这么纯真的姑娘啊。"

镰本的双眼中闪现出梦幻的神采。

之后他似乎又想起了什么似的补了一句："太阳啊，帮我问立冈要个赠品包呗。"

"我去要？"

"我很忙嘛，而且你比较好开口吧？"

"……行吧。"

太阳不太情愿地说道。

镰本和立冈关系不怎么样，所以很难去讨要赠品。而太阳却没有合不来的人，于是经常被人拜托这类事情。

其实想要那个包的话，买上三千日元的商品就行了，不过自己就在这家公司工作，还得一张张集满封口贴纸，八成让人不太乐意。

"立冈哥，你能给我一个赠品包吗？我有认识的人想要。"

回到部门之后，太阳对正在伏案做文件的立冈开了口。

"不行啊，之前科室会议上也说过，今年这款包很受欢迎，都来不及生产了，要是店头缺货可不妙，所以目前就连自己人也不能给。"

"一个就够了。"

"是要送给很重要的对象吗？"

"……不……这倒也不至于。"

"那就不行啦，部长问我要我都没给呢，也不能特别照顾你啊。"

看来是没有商量的余地了。

立冈这边说不通，毕竟他对促销活动投入了很多热情。

"有你这么说话的吗？随便说个客户的名字不就好了？"

太阳一回自己的工位，就被镰本数落了，估计是听到了刚才的对话。

"唉……"

道歉也怪怪的，所以太阳没有吭声，这时，他在策划科的办公区看到一个穿着制服的姑娘。

原来是财务部的佐佐木真夕，她正在和一起进公司的希梨香说着话，两人像是准备按时下班后结伴去更衣室，她手上还提着一只深蓝色的迷你托特包。

太阳看了一会儿真夕提着的包，然后突然想起了什么，便从椅子上站起来，向财务室走去。

"山田先生，请问有什么事吗？"

太阳走近了沙名子的办公桌，她抬起头问道。

现在已经是下班时分了，不过沙名子还留在财务室里，似乎是要加班。她戴着眼镜，比对着文件和电脑屏幕上显示的内容。她戴起眼镜后给人的感觉比平时更加滴水不漏。

"啊，那个——"

太阳迅速看了看四周。

除了沙名子，财务室里只有新发田部长一人。

太阳躬下身子，压低了声音说道："沙名子小姐，那个促销赠品包你已经在用了吗？如果还没用上，能不能让给我啊？包和挂件都要，库存实在不够了。"

沙名子皱起了眉头。

她脸上不见笑意，眼神似乎在诉说着"别在公司里叫我的名字"。

"销售部已经没有了吗？"

"今年好像没有多余的了。"

她那副防蓝光眼镜的镜片正反射着白炽灯的灯光。

美华回来了，手中拿着星巴克的咖啡，看来她今天也要加班。

"明白了，我看一下然后发邮件给你。"

"拜托你了，森若小姐。"

太阳恢复了工作中的语气，然后走了出去。

走远些后，他又回头看了看。

之后或许会被沙名子责怪，但是在公司里和她说话感觉好新鲜。就像立冈为了见见千晶，哪怕不与同科室的弟兄们一起行动也要"路过"一下展厅，他现在也有些理解这种心情了。

沙名子回到家后，趁着烧热水的时间，拿起了放在玄关一侧的纸袋。

里面装着立冈给的迷你托特包和挂件，拿来装猫零食倒是正好，她本打算下次回老家时把它带回去。

她正想给太阳发短信说包还在，却停住了手。

她有种不快的感觉。

为什么她非要把自己的东西给太阳呢？如果工作上有必要，那么找销售部领一个不就行了？

——或者，这是太阳的私人需要？

"千里之堤，溃于蚁穴"——她脑海中浮现出了新发田部长的话。

太阳也是个公私不分的人，一旦起了这个头，以后就会渐渐变成常态。

从销售人员和财务人员的立场考虑，这种做法是不正当的。

就像玛莉娜和部长们那样。

而且最需要警惕的是，她自身的伦理观念正在变得模糊，禁区前的防线也薄弱了起来。就连勇太郎都差点犯错，她可信不过自己的良心和正义感。

她不希望发生这种事情，所以才不打算和同事牵扯过多。

沙名子考虑了一下，不再打字，转而拨通了电话。

"沙名子？你在家了？我也刚到家。"

太阳立刻就接了。

"辛苦了。那个赠品包我有，放在家里呢。你打算派什么用？"

"工作上需要呢。"

太阳说道。从手机里还能听到电视中传出的声音。

"工作需要的话，你们部门内部能想想办法吗？"

"可以是可以，不过你收到的那个包还在吧？你不是说不喜欢吗？"

"我没有说不喜欢啊，只是说不会用的。"

"这不是一样嘛，不能给我吗？"

"不是不能给你。不过你是要给镰本先生吗？不久前你提起过这件事呢，所以这并不是为了工作，而是私人用，对吧？"

"嗯，是啦。但他毕竟是我的前辈嘛，有什么问题吗？"

"那就好，私人用就是私人用。我只是想确认一下。镰本先生的女朋友想要，是吗？"

"对。"

"可是这个礼物必须要由你来准备吗？"

太阳沉默了。

电话那头传来"噗"的易拉罐开罐声。

"沙名子小姐，你其实很喜欢那个托特包吧？"

——为什么突然叫得这么见外？从我们一起赏花起，不对，从更早的情人节开始，他就老是故意"沙名子沙名子"地叫个不停啊。

"不是的，给你也没关系，我只是……"

"没事啦，如果你喜欢那就另当别论了，这对销售部来说也是个好消息。反正想要包就去买肥皂，收集封口贴纸呗。"

"我想说的不是这个意思。"

"真没事，总有其他办法的，那我挂啦。"

通话"滴"的一声断了。

——这什么意思？

——你至少听我说完啊！这样搞得反而是我任性，不肯把自己的东西送人，所以闹了别扭一样！

沙名子并不执着于赠品，她只是觉得公私不分是种不正当行为，如果是私用那么她必须知道其中缘由，镰本也太奸诈了，这不是在随便差遣太阳吗？要是她不在意太阳，才不会这么担心。

太阳刚到家，应该也很累，可沙名子还是觉得窝火。

她打开冰箱，拿出球生菜，恶狠狠地切碎。

"所以说，我想知道总额嘛，也就是算算性价比啦，这对接下来的策划来说是很有必要的。"

镰本在真夕的座位旁问道。

他好像是在咨询自己部门项目的财务情况，尽管这个项目不是由他来负责的。其实问问具体负责人就知道了，但销售人员经常出差，所以有时候他们也会来财务部打听。

"立冈先生手里应该有交货单啊。"

真夕觉得有些不可思议，便反问了回去。

"那家伙很忙啦，但我急着呢。"

"我刚刚还看到他在自己的办公桌前忙活。"

镰本没有回答，真夕一脸说错话的表情，又继续看向电脑屏幕。

她调出数据，镰本也朝屏幕看去。

"这些资料应该够了吧？一开始立冈先生只订了试做的样品，我觉得等到量产时单价还会下调。防水电视机也是他去谈的，估计也比原价便宜了一些。冲绳SPA度假酒店的旅行券还没到，费用八成和去年一样，要查查吗？"

镰本默不作声，像是在叫她继续，真夕也放弃了讨价还价，开始调阅历史数据。

"我找找……冲绳SPA度假酒店的旅行券……一组十六万日元左右。"

"哟……三天两夜啊，七七八八加起来可花了不少钱呐。能倒回去吗？你让一下。"

镰本拿过真夕的鼠标，"咔嗒咔嗒"地操作了起来。

"真夕啊，这些能打印出来吗？"

"这可不太方便……你跟立冈先生说一下，我想他应该会把数据全都给你的。"

"怎么只有一台电视机是另算的？"

"这个嘛……啊，抱歉，这是开发室的。他们大概是借着活动让立冈先生帮忙一起订了，不过和促销没有关系，我来删了它。"

"开发室现在没有电视机吗？"

"有啊，他们就是再买一台新的吧？跟洗衣机、浴缸一样，是为了确认泡澡粉不会伤到其他设备。所以'镜美眉'说过希望尽量使用新设备来验证。"

"嘿，负责人是镜小姐？那开发室现在用的那台电视机怎么处理？"

"这我就不知道了。"

"你泡澡的时候会看电视吗？"

"不看……"

"那有台电视机还挺好的吧？你平时泡澡久吗？"

"怎么了？"

"笔借我一下啊。"

镰本和真夕说了会儿话，似乎心满意足，往便笺上记了几个数字后便走出了财务室。

等镰本离开后，真夕吐出一口气，从抽屉里拿出湿巾纸，开始擦拭圆珠笔。

"真夕，你最近和销售部的人一起去喝过酒吗？"沙名子开口了。

她总觉得真夕对镰本比之前来得更为冷淡。

真夕去年还经常和销售部的男将们出去吃喝，沙名子也受到过邀请，而且太阳亦对她说起过这些。

"最近没有欸，因为希梨香交到男朋友了嘛。虽然我觉得太阳哥还想着组局，不过我本来就是跟着希梨香才会去的。"

"镰本先生说想看看活动赠品的请款书是吗？"

"是啊，还说是为了给下次销售方案做参考的。"

"你把原价告诉他了吗？"

"说了说了，但我觉得他不是为了工作，毕竟工作上的事去问立冈先生就好了嘛。应该是只想知道到价格吧。他就是个老爱把'性价比'挂在嘴上的人呢。"

真夕有些不愉快，这还真难得。

"性价比？"

"嗯，像是我们点个冷豆腐吃，他就会说性价比太低了，这个在超市买只要一百日元。这种话很扫兴吧？"

"这次的迷你托特包，他没说什么吗？"

"他只是看了看单价，什么都没说哦，感觉他很想要啊。"

真夕又从抽屉里取出赠品包。

她在拿到这个托特包的当天就用上了，还把挂件挂到了包的提手上。因为她很喜欢这类赠品。

"这个好可爱啊，现在再去问立冈先生讨也拿不到了，一开始就拿到真是太好了，不然我还得去收集封口贴纸。"

"要买够三千日元的份呢，很难吧？"

"我倒还好，像我家全都是用天天肥皂、'天堂洗浴'系列和'滋润天国'系列的，所以总是没多久就要囤新货了，问题是买来放着太占地方。我在员工折扣内卖的时候买了好多，一到促销期就不知怎么又买了些呢。"

真夕心情有所好转，沙名子也笑了，和她闲聊真的很开心。

沙名子开始着手继续刚才的工作，这时太阳来了。

"森若小姐，麻烦你处理一下报销。"

沙名子抬起头。

昨天通话之后，太阳就没再为各种没营养的事联系过她了。一大早上虽然给她发了短信，不过她也只是回了一句"早上好"。

"好的，市内交通费和商谈接待费是吧？OK。"

太阳喜欢攒着一堆发票然后一起报销，所以总是赶在最后一刻，不过今天倒是来得早。

"森若小姐，你好像很忙啊。"

沙名子已经看向电脑了，他却还是看着沙名子说道。

"也不至于很忙。"

"是吗？我最近也没有特别忙啦。"

沙名子看向他，发现他正笑嘻嘻的。

——哦，这家伙是想跟我和好吧？这个笑容就是有事想要蒙混过关时的表情。真可恶，别以为笑一笑就能一笔勾销啦！

但她还是很高兴，而且松了一口气。

——我为什么会有这种心情呢？

她不禁回以微笑，但是又慌慌张张地收起了表情。

"十天后划款给你，如果有事还请发邮件给我。"

"明白了，我会的。"

那只还没用上的赠品托特包就放在她办公桌的抽屉里。

昨晚她考虑了很多，心想为了镰本而和太阳发生矛盾实在太蠢了，便把赠品包带了过来，打算下次见面的时候给他。这样事情就能告一段落。

她确认完发票后，美华回来了。她好像刚去过银行，一身挺括的黑衬衫搭配外套和半身裙，但手里却提着那只"天"字号的赠品包。

包的提手上也垂着赠品挂件，沙名子忍不住盯着那只带有"天"字的挂件看了一会儿，然后急忙移开了视线。

"森若，你今天还回公司吗？"

某天下午，沙名子正在研究所的接待处等着负责财务工作的女性，美月却突然出现了。

公司的研究所位于茨城，她每个月都会过去一次，和财务人员及研究所的负责人见面，收取现金、确认收纳情况。虽说可以靠电话和邮件解决问题，不必特地跑一趟，不过面谈是财务部的习惯。

美月在研究所负责泡澡粉的开发工作。她和沙名子同一批进入公司，也是唯一一个会直接叫她"森若"的女同事。

她没有化妆，长发随意扎着，身穿一袭白大褂，褂子下是运动服和旧T恤，手上拿了盛有咖啡的纸杯，看样子是在休息。

沙名子认为美月化妆打扮一下的话肯定是个大美女，不过她对此毫无兴趣，她的梦想是开发出最棒的泡澡粉。

"今天要回去呢，有工作要做。"沙名子答道。

从总公司到研究所要坐一小时电车，她来研究所时一般会算好下班时间，办完事直接回家，但今天出发时接到一件紧急任务，所以还得回公司。为了这点事赶回去虽然麻烦，可也实属无奈。

"真可惜，我本想着要是你有空咱俩就去喝一杯呢，我有话要跟你说。"

"不能在这里说吗？"

"不能。"

美月是第二次这么讲话，上次是她说自己交了男朋友的时候。

"美月，你最近会来总公司吗？如果计划要来，我会把时间腾出来的。"沙名子说道。

"下次开策划会的时候会去，我确认一下日程然后联系你吧。"

"谢谢，到时候我们一起吃午饭也行，晚上聚聚也行。"

"没问题。"

财务负责人田中小姐还没来，可能是在讲电话。美月正打算离开，却又停下了脚步。

"说起来，销售部有人联系我，你们那边一定要台电视机吗？"

"销售部？哦，是为了促销活动吧？"

"是的，我们搭这次活动的顺风车，也买了一台电视，结果销售部的人跟我说，如果我们不要旧的那台了，能不能让给他。"

"立冈先生问的？"

"不，是镰本先生。"美月一脸嫌麻烦的表情，"我记得刚进公司那时他跟我说过几句话，不过我对他完全不熟啊。那人有时候会来问些无关紧要的事情，但他怎么知道我的手机号码？你没告诉他吧？"

"没有。"

——美月和我一样，手机纯属私用，镰本怎么会知道她的号码？

——太阳当初通过希梨香弄到了我的手机号，希梨香则十有八九是从真夕那里搞来的，但镰本和美月完全没有交集啊。

——镰本确实喜欢美女，所以对美月示好也不奇怪，可是按说他现在已经有女朋友了。

"你就无视他吧，他不是个坏人，但是有些坏毛病。"

"什么坏毛病？"

"一言难尽。"

沙名子答道。即使告诉美月他会在别人冲进电梯厢前一秒关门，她大概也只会回一句"这是偶然"。

镰本外形不算差，工作上也不偷懒，心情好的时候还会夸夸别人、温和待人。虽说他有时会故意找碴儿，做些近似于骚扰的行为，可却没有真的动手动脚，所以这一件件的都是些小事。

"哦，总之我们还在用那台旧电视，要是他问起你，你就这么告诉他吧。"

"明白。"

"那就下次再喝，到时候你如果有事也要告诉我啊。"

"嗯。"沙名子回答说。

"森若小姐！抱歉，我迟到了！"

美月一离开，田中就抱着文件，手忙脚乱地赶了过来。

"太阳君，抱歉啊。"

"我现在很烦恼，想请你听我说说。"

"我总觉得小义其实不喜欢我。"

"没这回事。"

"他过不久就会把托特包带给你啦。"

"托特包已经无所谓了。"

"我想要的是爱啊。"

"要是有一台可以边洗澡边看节目的电视机，那么两个人洗澡的时候也能一直在一起了，对吧？"

"我觉得这就是爱。"

"于是我也这么跟他说了。"

"但是小义他好像很不乐意。"

"他是不是不愿意和我待在一起呀？"

"就算他很忙，但是我想在生日那天跟他两个人单独过，这也不行吗？"

"太阳，你笑什么呢？"

看太阳在停车场玩着手机，镰本就开口了。

"没事，LINE上有消息过来。货都装完了，我们走吧？"

"好。"

他们开的还是公司那辆白色玛驰，太阳坐在驾驶席上，镰本则上了副驾驶席。

他当然不能告诉镰本，树菜发了一堆充满诗意的LINE信息过来，不过看内容还是在秀恩爱。

——哎哟，镰本哥啊，人家树菜想跟你过二人世界啊！

——你就喜欢那些年轻又靠不住的女孩子，能和树菜交往真是侥幸了。她爱撒娇，又很烦人，不过你年纪比她大，希望你能多包容她一些。

"哦，说起来，我已经弄到你前阵子提过的那个赠品托特包了，回公司就给你。"太阳一边发车一边说道。

那个包是沙名子给的，她前几天发短信说把包带到公司来了，等工作结束后交给他。

沙名子难得在周末以外的时间主动提出见面。

于是他俩调整了加班安排，昨天才凑上时间，在下班路上约好碰头。

他们一起喝了茶，太阳也拿到了赠品包，然后绕远路往车站走去。晚上黑漆漆的，周围又没有别人，他还凑过去抱住了她。她嘴上说着这样不太合适，但并没有拒绝。分别时，他提出下次开车去远一些的地方，她也点头答应了。

他目送着沙名子走进闸机口，只见她还回过头，面带羞涩地挥了挥手。

尽管他不知道她的心思，却只觉得这样的她好可爱，比树菜还可爱一百倍，他都想感谢镰本——就是因为镰本想要赠品托特包，才能让他看到这一幕。

"啊——哦，那个包啊，总之先给我吧。"

这是太阳好不容易才拿到的，但镰本的情绪却不高。他纳闷地眨巴着眼睛。

"就这样？我觉得树菜小姐会很开心的啊！"

"树菜想要的不光是托特包，我只问了她是不是要赠品，所以之前都不知道。"

"啊……原来如此……"太阳说道。

——这么说来，树菜好像是提到了电视机。

——她说要是有台防水电视机，两个人洗澡的时候就能在一起了。但她这描述也太生动形象了点，让人很难回复啊。

——所以她想要的不是托特包，而是便携式防水电视机吗？

太阳前阵子才去过家电行，所以还记得电视机的价位，应该是在五万日元左右。

五万日元和赠品包可差太多了，对上班族来说，这个礼物也真是贵。

——又或者说，其实是这台电视机有个特殊福利，那就是——能和树菜一起洗澡吗？

"和赠品不同款的电视机也凑合吧？你找找看其他型号的，价格大概只有赠品的一半，还有网上卖的那些。"

"我也这么想，不过还是一样的看起来好些。我想找开发室搞台二手的，结果'镜美眉'好像把部门里的旧电视当成自己的东西了。这种三十来岁的女人就是抠门。"

"不行，不能送人家二手的东西。"

这下连太阳都投了反对票。

虽然他明白镰本的想法，可是男朋友给自己装一台二手电视，然后提议一起洗澡，姑娘们估计是会退却的。因为这就像是对方为了和自己共浴才乱做的准备。

就算男方确实怀有这种目的，就算动机再明显，也得把这份心思藏好啊，这可是作为男人的常识。

"没法送她电视机的话，就跟她说你已经买了其他东西怎么样？

反正就是除了赠品包再送她些其他东西呗。"

"啥？"

"就是生日礼物啦。像是首饰啊、手机壳啊，或者去高级饭店吃一顿。你不会只打算送个赠品托特包吧？"

"你在说什么呢？树菜才不是这么贪婪的女人。"

"这……"

太阳吃了一惊。

他感觉镰本是真的就打算在树菜的生日时仅仅送个迷你托特包。

说一千道一万这都不合适。要是他当真这么做了，树菜会觉得他并不是真心的，而且还会烦恼着是不是自己太任性了，然后去联络其他男人。

——虽然我也只是送了沙名子一只马克杯，但那是我在出差的时候突然想到的，所以没问题。

交通信号灯转红了，太阳看着行人们走动，同时说道："可是树菜小姐现在提出想要昂贵的电视机啊！"

"不是那么回事，你不懂。"镰本"唉"地叹了口气，呆呆地摇了摇头，"树菜想要的不是电视机，是爱，是真心。她说自己不图物质层面的东西，只想要和我在一起的时间空间，还哭了呢。这不是钱的问题，就是这样我才头疼。"

"啊哈……"

"你的女朋友三十来岁了吧？你估计不会理解我们的。"

"是吗……"

不过沙名子被人看作欲壑难填的女人，这让他感到老大不乐意。

他不再提建议了。树菜好像独居，镰本要是休息日去她家，那么为她买台电视机应该也不过分。

"所以我才觉得树菜小姐的心意是无价的嘛。"

"无价……"

"你就给她买呗，反正公司发奖金了，你想想她的笑容，就会觉得很划得来啦。"

红灯转绿，太阳在重新发车之前随口应付了几句。

一驶上海岸线，海风便涌入了车中。

沙名子坐在副驾驶席上，眯起双眸，似乎是被风吹迷了眼。太阳边开车边关上了车窗。

今天天气晴朗，万里无云，沙名子就在太阳身畔。尽管才刚刚驶离东京，但在能看见海的路上驰骋，还是让人心旷神怡。车子是租来的红色"卡罗拉"，由于行程安排，他们或许会下车走走，因此沙名子穿了牛仔裤和运动鞋，这让他觉得很新鲜。

——果然副驾驶席上坐着沙名子就是比镰本好太多了。

沙名子也说难得休息，想去空气清新的郊外看看。她喜欢大自然，也喜欢大坝、城堡、工厂之类的大型人工建筑，喜好成谜，但好在兜风去看的范围也相应广阔了许多，接下来的季节正适合出门，让人十分期待。

——路上聊天的内容如果和公司无关就更美妙了。

"结果镰本先生给女朋友买电视了吗？"

沙名子一边透过车窗远眺大海，一边问道。

太阳不知不觉聊到了镰本，尽管沙名子脸上看不出无聊，不过一提到与公司、同事相关的话题，她的表情还是沉下了几分，太阳暗叫糟糕。

"呃，他女朋友生日还没到，不过他像是会买的。一开始他还挺犹豫，可后来又嘀嘀咕咕地说'马上就要发奖金了啦''总有些事比钱重要啦'之类的。"

"他决心不再衡量性价比了？"

"倒也不是这么说，是因为他要买的不是电视机，而是爱情和两人独处的时间空间，这些都不是靠金钱就能换来的。"

他学着镰本的话，但说出来时却只像是毫无感情地照本宣读。

沙名子愣愣地看着他，他虽然明白她的想法，不过还是想解释几句。

"沙名子你很喜欢山崎哥，但不喜欢镰本哥吧？我知道的啦，可是镰本哥也有自己的优点。"

"我才不喜欢山崎先生！"

沙名子难得有些生气地否认了。

"这就怪了。"

"别说山崎先生了，你说镰本先生也有优点，他好在哪儿？"

"这个嘛……该说他单纯吗？为人还挺直率的。"

"我可没觉得他单纯又直率，他要去冲绳吗？"

"冲绳？"

太阳听得直眨眼。

沙名子有时会说些让人意想不到的话，但这些话通常都挺重要的，所以他不能不当回事。

"冲绳的SPA度假酒店啊，赠品里也有这一项，对吧？"沙名子看向前方，淡淡地说道，"镰本的女朋友想要的是通过促销活动的赠品来实现两人独处的空间和时间嘛，我觉得她指的其实不是电视机，而是旅行哦。要是给她买了电视机，那么下一次她大概就会央求着要旅行了。呵……一向节俭的镰本先生居然会用'爱'这么抽象的词汇来鼓励自己，这可是需要相当大的决心哦。"

"啊哟——这样吗？这么一说，赠品里还真包括了冲绳旅行券呢，不愧是你。"

这次促销活动的赠品有三类，只要满额就能获得的是迷你托特包和挂件，而要靠抽奖拿到的则是防水电视机和冲绳SPA度假酒店的旅行券。太阳只想到了电视机，却忘了冲绳之旅。

"但是这次和冲绳没关系吧？那家度假酒店超棒的，要去可非得请带薪假了。镰本哥再怎么也不至于做到这一步。毕竟已经送了电视机了……啊……"

太阳越说越小声。

他想起来了，在树菜生日的那周，镰本确实请了带薪假，和双休日合起来共计四天。

他本以为，他俩肯定是准备在树菜家边泡澡边看电视，悠悠闲闲地度过。

在申请假期之前，镰本还一副钻在牛角尖里的样子跟他谈过话，说爱是无价的。

他当时回答说："没错！女朋友的笑容就是你的报酬了！"结果镰本听后就开始自言自语，嘟囔着不知道这次奖金能有多少。

他们聊完之后没几天，树菜又给太阳发了新的信息，当然都是些"少女情怀总是诗"的东西。她说："小义总算是明白人家真正想要什么了！好开心呀！"

亏太阳还认定树菜想要电视机。不过小气——不，是不愿在别人身上花钱的镰本居然肯买高额的家电，看来他真的非常喜欢树菜。一想到这一点，太阳脸上也露出了微笑。

去冲绳SPA度假酒店玩上三天两夜对区区一个上班族来说仍是太贵了。他不觉得树菜会跟镰本AA制，当然，就算分摊旅费，这价格依然够呛。

——不过，只有两人相处的爱情空间，果真是用钱也买不到的吗？

"开车没问题吗？一路开到现在，你会不会很累啊？"沙名子问道。

太阳松了口气，他正好想换个话题。

"开车其实挺舒服的。还是说——沙名子你想代我开车？"

"如果你不介意我是个'本本族'。"

"哎呀，那还是别了。"

沙名子和太阳同时笑了起来。

卡罗拉的后座上放着一只纸袋，里面装有用餐巾布包好的四方形盒子，那是沙名子亲手做的便当。虽然这是他在约沙名子兜风时提出的请求，但这份便当的分量比他想象的还大，或许是她竭尽全力烹制出来的，因此他的喜悦之情止都止不住。

这样一来也不会让她察觉到他就是为了这顿便当才去租了车，还细致地安排了远行计划。他只是单纯地想要她的爱罢了。

"小义约我去冲绳了哦。"

"他终于了解我的愿望了，我很开心。"

"我觉得自己被爱着！"

"我和小义不坐同一架飞机，所以提前一天出发了。"

"回程的时候也打算提早一些。"

"下次想和太阳君一起去玩哦！"

"开玩笑啦！"

太阳在停车场看向手机。

树菜还是满腔诗意，虽然他都不回复消息了，不过她也无所谓，还继续自顾自地想发就发，这倒让他心生佩服。

过了约好的出发时间，他才看到镰本朝他走来。

此刻他已经装完了货，而镰本总挑这种时间点露面。

"今天是去关东北部地区吧？当天来回有点吃紧啊。"

镰本把包"咚"地一扔，坐上了副驾驶席。他从一开始就没打算开车，老奸巨猾得很。

不过这就是镰本其人了。尽管太阳知道女同事们都私下数落着镰本的不是，小针店长在紧要关头也不会对镰本抱半点希望，但他还是没法讨厌镰本。因为对他来说，镰本是在他刚进公司一无所知的时候照顾过他的前辈。

"这说明我们的赠品受欢迎啊，不是件好事吗？这下子销售额也提高了，立冈哥说了，今年促销活动结束之前都不休息呢。"

"放着让店头帮我们宣传不就行了？像'太阳生命'就是找明星合作，再和便利店联动。"

"我们公司是'以诚为本'的嘛，预算不高，就只得靠销售人员们跑得勤快些，四处去求人了。这还是镰本哥你告诉我的。"

"我说过这种话？当年我还真年轻啊。"

"镰本哥，你下周请带薪假了？"太阳一边系安全带，一边问道。

"是啊,提前放个暑假,我不在就靠你啦。"

镰本心情还行,买了电视机之后不知道发生了什么,他有一阵子和树菜闹得不愉快,不过自从决定去冲绳玩,两人又立刻和好了,接下来就只剩下一起迎接旅行的日子到来。

"你们顺利就好……"

太阳开始暖车,同时照例将手机塞进公事包内的小袋子里。毕竟公司严禁在开车时使用手机。

最后,他突然想起来什么似的,打开LINE,对树菜设置了"拒收信息"。

第四话

我并不在意公不公平

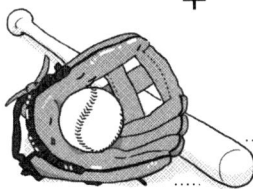

"所以我信得过他。虽说吉村部长很喜欢他,不过他们应该是那种相互利用的'双赢'关系。只是他这人没有看上去那么诚实。"

"你的意思是他喜怒不形于色吗?"

沙名子和美华在大马路上边走边对话。

下班后,内海把视频发给了美华,她俩便一起朝之前单独待过的那家日式咖啡店走去。

山崎应该已经等在那里了。

沙名子对把山崎拉进来一事其实尚存疑虑,但事到如今已经没法不让他和美华对话了。毕竟美华是这整场行动的"带头人",沙名子又对山崎的推测感到棘手,而且事态紧急,已经不该继续玩传话游戏了。

再进一步说,和山崎单独见面的话,太阳又会胡思乱想了。

可是她很难说清山崎这人的可疑之处。

"是的,我不明白他在想什么。"

"那还能信他?"

"我觉得他不会背叛我们,应该说他这人做事还挺前后一致的?"

"你这是打算夸他还是贬他呢?"

"都不是。"

　　沙名子很不擅长表述自己的情感和意见，她对人、对事有时会有一种说不清道不明却又无法释怀的感觉，而这种感觉又非常难用语言说明。

　　"他很优秀，我就没发觉有本小姐那天见的是'太阳生命'的人，也没注意到牧原市场集团的企业标识。"

　　"怎么可能发现啊？那次我们只是为了确认有本小姐是否在那家店工作而已，根本不会去留意她碰巧接待的客人长什么样？"

　　美华看起来有些生气。

　　明明她才是发起行动的带头人，结果却被毫无关系的销售部同事察觉到了端倪，这似乎伤到了她的自尊心。

　　她进公司已经半年了，和山崎也说过几次话，比如处理报销或者确认情况的时候，可好像并没有对他留下什么印象。因为山崎平时在工作中表现得非常淡漠。

　　"我想等你见了他就会感受到各种细节了。总之我要说的是，请你不要大意，不要被他牵着走。毕竟他是那种能把泡澡粉成功推销给温泉旅馆的人。"沙名子说道。

　　美华应该不会被山崎的外表和说话方式哄骗，不过要是对方理由充分，她还是很有可能被拉拢过去。

　　"我明白了。"美华回答道。她整个人看上去都有些提心吊胆的，沙名子反省自己是不是把她吓唬过头了。

　　他们碰面的咖啡店离车站稍远，这是为了避免遇上同事，所以选了这么一家不起眼的店。

她俩走进店内，只见山崎一身西装打扮，已经坐在了最里面的位置上，而他看到她们二人后，也轻轻举手示意。

单已经下完，美华随即取出平板电脑，给山崎看新视频。

那是内海第二次拍摄的成果。

视频时长约十分钟，是将从多处拍下的内容剪辑编排而成。她把电脑摆在桌上，山崎一言不发地看着，等到全部播完，他提出说请让他再看一次。

视频里有玛莉娜和另一名女性，以及六名男客。

他们认识其中三人，分别是公司的吉村销售部长、新岛总务部长、姊崎制造部长。

另三人中有两位在之前的视频中也露过脸，即"太阳生命"的执行董事（山崎说他姓"土井"）和牧原市场集团的年轻总经理。

最后还剩下一位他们从未见过的男子，看着像有四十几岁。

山崎说中了。天天股份有限公司的三名管理人员正通过有本玛莉娜，和牧原市场集团的总经理及"太阳生命"的领导层见面。

"这视频是哪位拍的？"

听到山崎的提问，美华一惊，挑了挑眉毛，答道："是我的朋友。不过这事和谁拍的有关系吗？"

"不不，我只是觉得他拍得真好，上次也一样，我没想到麻吹小姐你还有这样的男性朋友。"

山崎非常沉稳，他十有八九是感受到了美华的攻击性，但却佯装不知。

当视频播到"太阳生命"的土井出场时，美华摁下了暂停。

"你确定这人就是'太阳生命'的某位大人物吗？我也上网查了，结果没找到他。"

"他是执行董事土井先生，但并不是公众人物，所以很难搜到他的照片。我以前去参加过'太阳生命'的派对，当时就记住了他的长相。"

美华在随行笔记簿上写了"土井"二字，整个人摆出了记者进行采访时的架势。

"你为什么要去竞争企业的派对？"

"我好奇啊，想去体验一下'大公司'是怎么个感觉。我在他们公司又有认识的人，反正那是个轻松的聚会，管得不紧，所以放我进去了。"

"你是为工作去的？"

"没什么特殊的目的。说到底我也只是个小销售员嘛，如果必须要给你一个理由，那么就请当作是我误入派对好了。"

"吉村部长知道这件事吗？"

"这我就不清楚了，虽然我觉得你不会告诉他，不过就算说了，他也不会表态的。"

虽说不知道这具体是个什么活动，但他确实偷偷去了其他公司的派对。美华似乎有话想说，然而又强忍住了。

"麻吹小姐你呢？没找拍视频的内海先生谈过吗？可以问问他这次拍到的人上次是否也在。"

"他和这事没关系，我只拜托他拍完视频交给我就行了。"

"真浪费啊，估计内海先生已经注意到了，所以非常明白该着重拍哪些内容。没录音是可惜了，但这些人全都用手遮着脸，捂嘴说话，就算录也录不到什么。然后内海先生还拉近了焦距，好在桌上找名片，而这位'新面孔'先生八成也是牧原市场集团的人，搞不好正是社长本人。

"大家都满面堆笑，可心里并没有相互信任。吉村部长和新岛部长老在相互使眼色，'牧原'的人也都没喝酒。这可不是来女公关俱乐部找乐子玩闹的气氛。不过这个视频是编辑过的，像素可能被压低了一些，我建议你们去要一份原始数据。"山崎一边喝着焙茶一边说道。

美华重新看了一遍视频，看来山崎指出了她之前没有意识到的问题点。

"美华很有冲劲也很鲁莽，'嗅觉'不太敏锐。"沙名子想起了内海对美华的评价。

"山崎先生，你对别人说起过这件事吗？"沙名子提问道。

"没有，而且也没法轻易说出去。我们都知道，新岛部长和姊崎部长是圆城社长的盟友，吉村部长却不是。尽管我也不觉得他能起决定性的作用啦。麻吹小姐，你跟新发田部长汇报过了吗？"

"我本打算下次再收到'畑中策划'开来的发票时就去跟部长说，可报销申请一直没来，我还没机会开口。我也调查了社长和专务的邮箱地址，但还没找到。"

"麻吹小姐，你想直接给社长发邮件？就说部长们在和'太阳生命'的领导层见面？"

"我已经阻止她了。"沙名子插话道。

美华凡事都要分出个是非黑白来，如果她中途进场看电影，也会先问清谁是反派再坐下观赏。像这次的事件中，社长是正义的，而玛莉娜所在的部长阵营则是一群有所图谋的坏家伙，那么只要向正义的伙伴们检举坏人，问题便能够得到解决。

"你们要是欺负我，我就去告诉部长——"她想起玛莉娜曾说过的话。

——遇上坏事就找人告状，让对方替自己做主，倒是乐得轻松。

沙名子却不像美华或玛莉娜那样，她没法天真地去相信上司、相信正义，包括相信她自己。

"为什么要阻止？"

山崎似乎觉得有些好玩，可他应该知道沙名子任何时候都不喜欢把事情搞大。

"因为社长可能是知情的。"

"我早晚要找他们一个个都把话说清楚，新发田部长也是，有本小姐也是，我计划有机会就去直接问他们本人。"

美华的话听着像是为了牵制沙名子。

"麻吹小姐，在你看来有本小姐是个很肤浅的对手吧？"

山崎对美华的想法大概和沙名子一样。

"山崎先生，你对这件事是怎么看的？你觉得'天天'会被'太阳生命'吞并吗？"沙名子问道。

她最想了解的正是山崎这位优秀的销售人员的观点，以及他对未来的走向有何洞见。

山崎稍作思考，答道："从业界版图来考虑，并不是没有可能，但我觉得社长并不希望走到这一步。这毕竟和'天天'的理念不符。硬要说的话，我想圆城格马专务倒是想尝试一下新方向。"

"就算被吞并你也会认吗？"

"这没办法啊，我又没有公司的股份。而且我现在想优先确认的只有吉村部长到底是什么立场。"

"你的意思是——你要去找吉村部长交涉？"

"是的，哭着抵抗和默默遵从都不是我的风格。虽然不知道这些情报能否成为武器，可就算敌不过，我也想折断对方一只胳膊。"

山崎爽朗地笑了。

要是公司被别人"吃掉"，他可能会爽快地辞职。他人脉广，换个工作估计不难；又或者，他会成为"太阳生命"的销售好手，甚至能把冰块卖到南极去。

"一旦两家公司合并了，人力方面也要面临重组吧？"

"如果只是平缓地把'天天'变成子公司，应该会维持原状不变，不过他们总公司估计会派人下来才对。这倒也挺有趣的。哎哟，森若小姐，你在意的就是这一点啊？"

山崎摆出一副方才恍然大悟的表情，但肯定早就料到沙名子的想法了。毕竟一听说自己的公司即将并入大公司，普通员工最先关心的就是人事调整。

也就是自己的工作和待遇会发生什么变化。

前几天沙名子听过山崎的话后，立刻就去《四季报》和跳槽网站查起了"太阳生命"的口碑和待遇。

他们的总公司和研究所都在东京，薪资和福利也优于天天股份有限公司，真待起来估计不差，然而前提是要留得下来。

她只是个二线部门的员工，既不比美月那种专业人才，也不像山崎或者宣传科的皆濑织子那样成绩瞩目，若是成了"被接手"的财务人员，留着也不一定好受，而且还很可能被派去地方上的工厂，再压上一些她不适合做的工作。

"是的，假如要换工作，那我想趁早准备起来。"

"我倒觉得先不用想得那么远，你很优秀，所以是不会被裁掉的啦。我嘛，总有办法的——还有麻吹小姐，你虽然刚来公司不久，但'太阳生命'似乎很重视拥有外语能力的人才。"

"我现在还不准备考虑这些！"

美华开口了，像是要用音量压住山崎的话头似的。

附近的服务生都往他们这边看了过来，沙名子和山崎也不禁凝视着她。

"我在天天股份有限公司工作，不是在'太阳生命'。哪怕以后两家真的合并，这种做法也太诡异了。董事秘书跑去俱乐部兼职，把社长扔在一边，和部长们聊得起劲。而员工们对此却毫无动作，难道公司里就没有工会吗？"

沙名子和山崎面面相觑。

"姑且算有一个吧。"

"有的……就是没什么用。"

两人几乎说了同样的话。

天天股份有限公司的员工待遇都不错，所以工会并不起作用。虽说会有基本工资上调的要求，不过每年到调薪的时候大家相互协调一下也就完事了。

公司开出的工资高于市场均价，按员工实际打卡时间支付，同事请带薪假期时工作任务能无压力地在内部得以消化，即使是单身员工也能拿到租房补贴，与公司有合作关系的健身房与酒店还能提供折扣。同时，公司有很多非正式员工，对能力达标者，亦存在转正机制。"天天"就是这样一家良心企业。

"森若小姐，你没有自己的想法和决心吗？对有本小姐、部长们以及经营者们不会感到愤怒吗？"美华面对着沙名子问道。

"我是个打工的，不会站在经营者的角度去思考。"

"我觉得这不是问题，本来我们公司的管理层就一个女性都没有。在我刚来这里的时候，最在意的就是这一点。你就不觉得奇怪吗？"

"作为员工，我当然抱有很多疑问，可这和眼前的问题是两码事。"

听沙名子这么说，美华似乎惊呆了，她扬起了眉毛，说道："森若小姐，我真是看错你了！"

她站起身来，拿起账单，直接走向收银台。

但他们三人点的东西开在同一张账单上，沙名子拿起包，追了上去。

"美华小姐，我们分开付！"

"让我来付好了。我会在报销申请上随便写个客户的名字，然后请你们记得给我批准啊。"

山崎话音刚落，美华就回过头来，柳眉倒竖，又恢复成了刚进公司时的那头母老虎。

"这个不能报销！"

她铿锵有力地撂下话，收好找零，就离开了咖啡店。

"麻吹小姐对人力重组的反应可真让人意想不到呀。"

山崎一派轻松地说道，沙名子却头疼得不得了。

——他最后对美华小姐说的那句话明显是在挑衅，他有时候就是会做这种事。

——他倒是无所谓，反正只是为了图好玩，可我却坐在美华小姐边上。好不容易才磨合好了，要是又闹僵了可如何是好。

山崎毫不在意沙名子，打开店门就朝车站走去。

"麻吹小姐都换过好几次工作了吧？我还当她早就不把这些当回事了呢。"

"或许并不是这样的。"沙名子说道。

美华最近吃午饭或者去银行时都会拿着公司的赠品包；在参加员工进修前虽然念叨个没完，说为什么财务人员也非得去工厂，可真去了却也干得热火朝天；前几天她还一脸认真地找真夕打听公司里最好的肥皂是哪一款。

——莫非她比我想象的更喜欢我们公司吗？

美华并不像看起来那么冷酷无情，频繁跳槽也不是为了提升本领。她只有一家做得久的公司，叫作"蜜蜂网"，而她至今还与当时的上司、同事们保持联络。

她是个是非分明的人，很适合做财务工作，和沙名子及其他同事相处得也不赖，如今得知或许会失去这个职场，她可能才是内心最受震动的那一个。

"你什么时候跟吉村部长摊牌？"沙名子问道。

"就这几天吧。"

"到时候请把结果告诉我。"

山崎看向沙名子，脸上流露出意外的表情。

"说得也是，我会告诉你的。这件事果然让你很吃惊吧？"

"怎么可能不惊讶呢？"

"去喝一杯吗？喝茶也行。我啊，不知怎么，有种不可思议的感觉。好像都没想过自己也会有这种心情。"

眼前有家综合大楼，一楼是咖啡店风格的小酒馆，西班牙产的酒瓶子上靠着一块写有菜单的黑板。

她也想悠悠闲闲地喝个酒，想知道山崎现在在想什么。

——原来如此，这种时候就该喝一杯吗？

"我还有事。"沙名子拒绝道。

"这样啊？真可惜。"

"我先走了，你请自便。"

"好，今天你发邮件过来我很高兴，如果有什么事请再联络。我能做的有限，但还是可以一起商量事情的。"

"商量怎么挫挫别人锐气吗？"

"你想知道我就教你。"

沙名子露出了苦笑。

山崎走后，沙名子走到那家综合大厦，掏出手机。其实她也没什么要紧事，但还是得到山崎看不见的地方才能有所动作。

她打开太阳的短信界面，想发些什么过去，却迟疑了。

——最近我好像有事都会第一时间去联系他。

她不打算把这件事告诉太阳，因为她觉得这有违规定。她只是想要缓解一下自己的紧张。

她的指尖在手机屏幕上游移，随后拨通了另一个号码。

她找到了美月。那是和她同一批进入公司的同事，现在担任泡澡粉的开发工作。美月不久前还邀她一起喝酒，说是有话要告诉她。

沙名子约好下周周末和美月见面，因为她正好要来东京办事。

她说那天会住在东京，沙名子本以为她会找家商务酒店，结果她指定了带住宿的大型浴场——"蓝之暖浴"。真是很有她的风格了。

尽管沙名子并不喜欢大型浴场，不过既然是美月推荐的，那么水质肯定有保障，于是她也决定陪同前往。

"蓝之暖浴"提供的洗发香波和美体皂都是"太阳生命"的产品，但入口处的接待柜台前却堆满了"天天"的樱花皂和最近开售的独立小袋装泡澡粉，还附有写着"大力推荐"的广告牌。

这大概是销售人员们的推销方法，他们每天来看货补货，并制作了广告牌。真是太令人感动了。她听太阳说起过这些，所以对销售部的工作也很了解，虽然对她来说没什么用。

"'蓝之暖浴'的花式温泉里用的是我们公司的泡澡粉哦，在开售前就听听别人的感想确实有意义。"

泡完澡后，美月边喝啤酒边说道。

大型浴场的日式休息室非常宽敞，草席和桌子大约各占一半，可供一家子人或者情侣们慵懒而融洽地一起吃吃喝喝、看看电视。沙名子和美月都没有化妆，穿着店家提供的衣服（很像是连衣裙），不过也没人会在意她们。

"因为和我们公司有合作吧？筹备'天堂咖啡'那阵子，两家好像也私下谈过。"

"听说'蓝之暖浴'的社长以前在我们社长家工作过。"

"啊……咦？美月你连这些也知道？"沙名子边吃毛豆边说。

美月对各种坊间杂谈都毫不关心，一方面确实是因为研究所相对独立，可她平时连同事的名字都不太记得啊。

"嗯，知道一点吧……"美月难得支支吾吾，但随后又仿佛下定决心似的突然说道，"我要结婚了。"

沙名子的手里还拿着毛豆，却在半途中停住了。

尽管她大致也猜得到。

"啊……恭喜你，太好了！"沙名子说得有些勉强。

她心里都明白，美月很有魅力，而且是她的好友，因此她希望美月能够幸福。她是真心为她高兴。

她自己也交了男朋友，虽然还对他心存保留，不过她亦很满足于现在的生活。

——可我为什么会觉得焦躁呢？前年美月告诉我她恋爱了之后，我还是头一次这么焦躁。而且程度更甚于当年。

——美月已经先我一步了呢。

美月捧着扎啤杯，灌了一口酒。

"唉……我是想再晚点结婚，但他觉得还是早些好。还得搞什么结婚典礼啊、宴会啊，我希望你也能来参加。"

"连宴会都办？"

"真是烦人，其实请些亲朋好友来不就得了？结果他好像要在酒店包个大礼堂，我家亲戚可都在九州啊。"

"男方想办宴会倒是挺少见的。我当然会去啊。话说，你要嫁给现在的男朋友，那不就是——"

"是啊，我们公司的专务，円城格马。"

——果然是他！

沙名子"咕嘟"一声，痛饮一口。

其实她知道这件事，不过还是冷静不下来。

她差点像太阳那样脱口就是一句"真的假的？"

美月之前向她透露过，自己的男友正是公司的专务董事——円城格马。

——这下子，美月就成了专务夫人，将来搞不好还是社长夫人……

沙名子在总公司见过几次格马，她回想着这位社长公子的样貌，只记得他三十岁出头，高个子，很适合穿西装，作为公司经营者和领导班子的一员似乎也很有手腕，最近还经常把勇太郎叫去会议室。

美月看起来有些不悦，把空了的扎啤杯往桌上一放。

"格马到了年纪了，说想成家安定下来，然后专心工作，社长近期也可能会退休，再加上公司里还有其他很多事。所以我得请你暂时保密。"

"我不会告诉任何人的，公司里还有谁知道？"

"只有你和美唯，就是研究所那个做前台的女孩子。我也打算叫她来参加婚礼，不过日程都还没定呢。反正格马是一定想让我在三十岁前把结婚手续都办了。"

"三十岁前……美月，你和我是一届的吧？"

"是啊，所以也就是这一年里的事情了。虽然我是无所谓。"

——原来如此。

沙名子和美月同龄，而且美月的生日已经过了，也就是说她满二十九岁了，明年就是而立之年。

店员很快就端来了章鱼、炸鸡和日本酒。

美月开始自斟自饮。她酒量很好。沙名子自暴自弃似的吃起了生鱼片，大口喝起了冷酒。这种时候不喝酒是不可能的。

"真是可喜可贺啊，早知道我们就去更高档点的地方聚了呢。"

"这里就好，毕竟我很少有机会和你一起泡澡嘛。"

"我一直在用你开发出来的泡澡粉哦。对了，你结婚后不会辞职吧？"

"怎么可能，我才不会半途而废，我要干足一辈子的！"

"你觉得开发泡澡粉比当个好主妇更重要吗？"

"当然啦，而且格马也很期待新的温泉系列泡澡粉。"

"太好了。"沙名子说道。

美月的梦想就是开发出最棒的温泉泡澡粉。

她看起来很幸福。圆城格马好像连她那有些固执的性子也一并爱着，而她也想好好支持格马的事业。沙名子打心眼里觉得能遇到这样的对象真是太好了。

回家后已是深夜，沙名子本想再早些回来，可不知不觉就又泡了一次澡，还享受了桑拿和岩盘浴，接着边吃冰激凌边和美月东聊西侃的，结果就拖到了这个点。她只能相信多泡澡会把今天过量摄入的卡路里也都一起泡掉。

美月和格马是从前年开始交往的，但美月还在工科类的大学念书时两人似乎就相遇了。

当时的格马得知美月想开发泡澡粉，便大力邀请她加入"天天"——也就是说，她本来就是靠格马的关系进了公司。而且受邀的不止美月，"天天"不时就会通过别人的介绍而雇用研究人员。

沙名子想起了找工作和刚进公司时候的往事。

她最开始想去银行，周围的人都说她很适合当个银行职员，她也拿到了地方银行的录用通知，但不知为何她就是提不起兴致。就在她迷茫的时候，随便一试的天天股份有限公司发来了最后一轮面试的通知。

"天天"在那一年新招的女员工只有两人，其中美月去了研究所，沙名子则在总公司当财务。她俩本来就没想和对方走得太近，这让彼此都觉得轻松，不过这样相处之后，她俩反倒亲近了起来。

沙名子既没有美月那样的热情，也不具备美华那样的信念。

换作平时，眼下已经是上床睡觉的时间了，可她还很清醒。她一边换睡衣，一边打开电视机，播起了扔在影碟机里没管的电影，片名叫作《茉莉的牌局》。

继《斯隆女士》之后，她上次又观赏了《神奇女侠》。现在她很想看一些顽强奋战的女性。

——我好像从没有过什么极度渴望的东西。

——有人非常需要我吗？我曾为了守护什么而战斗吗？

她深知，没有这些事真的很轻松，而且能让人保持冷静。而这样的人生就宛如一条笔直顺遂，既无波澜亦无他人的寂静长河。

——可我有时候又为什么会觉得似乎缺了什么呢？

她胸中的焦躁和美月的婚姻无关，这是她自己的问题。

她边喝茶，边心不在焉地看着电影。这时，手机响了。

"沙名子小姐，你到家了吗？"

她在归途的电车上给太阳发过短信报备，但因为夜很深了，他担心她的安全。

她看着手机，心里觉得他好烦，但又很开心。其实她不时会烦恼着自己为什么会喜欢上他。这种想法让她感到抱歉。

她借着醉意，直接拨通了太阳的电话。

"喂，沙名子吗？到家了？"

他立刻接通了电话。

沙名子抱着靠垫，把手机贴在耳边，说道："我刚到，不知怎么睡不着，就开始看电影了。"

"偶尔熬个夜也挺好呀，不过你其实可以和'镜美眉'一起住一晚嘛。"

太阳还是那么无忧无虑，电话那头传来了娱乐节目的声音。

"我们都聊了一整晚了，说说她的男朋友什么的。虽然她没多谈自己的事啦，不过我还是有些吃惊。"

"咦？'镜美眉'已经有男朋友了吗？哎哟，也难怪，毕竟她那么漂亮。"

"是啊。对了，太阳你为什么会进我们公司？"沙名子问道。

太阳沉默了一会儿。

一旦没人说话，电影的声音和太阳那边的节目声听起来就格外响亮。

"直觉。"

等来等去居然等到这么个答案，她几欲晕倒。

"这是什么回答。"

"哎，我嘛，刚来'天天'总公司参加面试的时候，就有种很安心的感觉，心想着这里真不错啊。给我带路的皆濑小姐可漂亮了，那个'天'字的标识也很棒。"

——就为这种理由？你就这么喜欢美女吗？

虽然没有男人不爱美女，不过她还是第一次听太阳说他很喜欢皆濑织子。

太阳这家伙看到女人就开始夸，先说些别的什么很漂亮，接着再来一句"但你更美"，多亏了他，沙名子对美容保养完全不敢懈怠。

"那你去别家面试过吗？比如'太阳生命'。"

"'太阳生命'吗？去过去过，但我被刷掉了。我是那种情愿在中游里争前列也不愿去第一梯队里垫底的人嘛。所以我觉得来'天天'就是命中注定的啦。"

——什么"不愿去第一梯队里垫底"啊？在第一梯队里也力争上位不就行了？

"如果现在有机会，你愿意去'太阳生命'吗？"

"才不去咧，要是我不在，'天堂咖啡'怎么办啊？"太阳笑了，"我们公司很多人都去他们家面试过，制造部的铃木哥好像还拒了那边，选了我们呢。他真的超级优秀。所以说我们公司就是这么好！"

"这样啊……"

沙名子回味着太阳的话，端起马克杯，喝了一口日本茶。

"哦对了，那个活动赠品包又加订了，我跟立冈哥要了一个，然后还你！"

太阳并不知道沙名子的想法，还是乐悠悠地说着话。

"好快！"

"立冈哥也很努力了。包包等下次见面的时候给你哦。"

"好，谢谢你。下周末或者下下周末吧？"

"我要出差一阵子，得下个月才有时间了。如果你请得出假，我们还可以一起出去，在家悠悠闲闲的也不错，上次你做的便当真是太好吃了。"

太阳拥有着"善之原力"，即使他没法守护世界和平，但可以守护沙名子的安稳。这种男人就是所谓的"好男人"了。

等太阳把那只有"天"字的迷你托特包给她，她可以提着它去健身房。

沙名子看向日历，确认下个月能不能请到带薪假。但不管怎么说，她都想先把手头囤着的任务列表清掉。

"听说新岛部长手里有公司的股份。"

新的一周到了。趁着新发田部长和勇太郎去开会、真夕外出的空档，美华开口说道。

沙名子知道美华是看准了谁都不在才会说这些的。每到这种时候，坐在邻座真是方便。

"你指从股市上买入的股份吗？"沙名子提问。

"我想他手里应该也有原始股。他在天天股份有限公司还叫作'天天肥皂'的时代便在这里工作，按我在'蜜蜂网'时的上司的说法，他的投资资历也很深，是他那个金融投资小团体的初期成员哦。"

"这……说明新岛部长身上背着借债吗？"沙名子警惕地问道。

"我不清楚他的私人财务状况，不过能进这个团体的可都是专家，门外汉不行。他们表面上说大家都是出于兴趣才聚在一起的，不过内部却有条不成文的规矩，那就是一旦有人亏了钱，就会被踢出去。据说新岛部长主要玩指数基金，总体走稳健投资路线。他看起来很节俭，但他家的房子建在东京最好的地段呢。对了，我们公司自己保留了多少股份？持有率是……"

"我们公司是家族企业，所以圆城家大概拿着50%吧。其他的听说都在他们进军东京时的投资人手里。"

"那么——家族成员们各人分别拿着多少呢？"

"我不知道股东们的姓名，就算知道也不能说。不过按一般情况考虑，圆城野州马社长的份额应该最多。"沙名子答道。

这几天，她动用了自己所有的权限去调查公司的财务状况，但是并没有察觉到任何问题。虽然她懂得实操，不过从未专门学过会计学，因此反倒是美华更精通这方面的知识，可是这些数据都是不能泄露给他人的。

现在她只知道新岛部长自进公司起就顺利地按月进行员工储蓄，从未间断。通常情况下，在结婚或子女入学时，员工可能会动用这笔储蓄，而他连这种情况都未曾有过。

他穿着量产的西装，看上去对奢侈品根本一窍不通，想不到却一直在暗中投资，积攒收益。这就是所谓令人意想不到的才能吗？

新岛部长就快退休了，同时又是社长的盟友，沙名子实在搞不懂他为何会想着"太阳生命"。

"我们公司的营业额真的很稳吗？这阵子勇哥好像常和圆城专务对话啊。"美华一边看向勇太郎的工位，一边说道。

最近他似乎都不和新发田部长商量事情了，而是跳过部长，直接和圆城格马专务联络。

"美华小姐，你也看过决算文件了吧？我们有些部门是赤字经营，不过我觉得还不至于出问题。专务大概是想做些改革，而勇哥凡事都很慎重，应该在和专务磨吧。"

"那么等他们磨完就会开始改革了？而根据实际情况，或许可以认为部长们是抱着反对态度的。他们服从社长，但不想听命于年轻的专务，如果非要听他的，那还不如去其他公司。大概就是这么回事吧？"

"居然会做到这一步吗？"

沙名子话都说不顺畅了。

"我们部门的人每天都要东奔西跑的，像那些能拿下几千万大生意的员工就算扯点小谎，你们也别抱怨了！""千里之堤，溃于蚁穴！"

她想起吉村部长和新发田部长的攻防战，同样的内容都已经听熟了。他两看起来是在争执，不过目标却很一致，都是为公司好，而非贪图私利。作为管理人员，这是理所当然的。如果只顾自己，又怎么会自寻麻烦去吵架呢？

"森若小姐，你还有其他假设吗？"

"没有了，我也不太懂这些。"沙名子如实答道。

她想了很多，但找不到完全自洽的答案。要是知道有本玛莉娜和新岛部长或吉村部长是否处于恋爱关系、是否抓住了他们的弱点，那倒又好办了。

"美华小姐，你和内海先生联系过了吗？就像山崎先生说的，像他那样的专业人士也许会有其他发现。而且他手里可能还有像素更高的视频原始数据。"

沙名子说完，只见美华略带不快地握起了右手。

"联系过了，之后我们会见个面。其实发短信或者打电话也行，不过他说想当面谈。如果这次能得到一个成熟的结论，我就去向新发田部长汇报。"

尽管沙名子觉得内海其实是想见见美华，不过眼下不适合讨论这个话题，因此她也没提这一茬。现在已经没时间多说闲话了。

"美华小姐，你已经不再打算给社长发邮件了吧？"

"我可没放弃，只是决定谨慎处理。虚假接待和公司合并是两回事。"

她已经进入战斗状态了，沙名子正想对她说些什么，看到勇太郎抱着文件走进财务室，便住了口。

"勇哥，円城专务怎么说？"沙名子随口问了一句。

"啊，他总算是让步了。不过问题是能不能说服那位。"

"'那位'是哪位？新发田部长吗？"

美华问道，勇太郎瞬间意识到自己说错话了。

"我不适合搞办公室政治。"

他自言自语般吐出了一句似是而非的回答。

"打扰了。"

沙名子走进秘书室，玛莉娜挑起了眉，似乎有些意外。

"稀客啊，来确认之前的发票吗？我还以为肯定是麻吹小姐负责呢。"

玛莉娜穿着蓝色的西装，戴着大粒的钻石耳钉和配套的项链，前襟隐约敞开着，指甲油是红色的，一头胡桃色的秀发搭配着精致的妆容。独自待在秘书办公室里时，她简直就像是从美国职场题材连续剧里走出来的大美女。

"因为麻吹小姐有事在忙。"沙名子公事公办地答道。

"是吗？不过我也觉得你过来真是太好了，麻吹小姐实在过分计较细节。我们得对重要客户的名字以及沟通内容进行保密，这不是常识吗？"

"或许是会发生这种情况，所以我今天才过来的。"

"又要换人跟我对接了？"

"是的，麻吹小姐说还是由她来负责就好，但既然有本小姐你提出过比较中意我，那么就让我来做吧。"

"莫非你也被她拖累了？"

"她凡事都非要掰得一清二楚，有时候是挺为难人的。"

"我好同情你啊，她不就是留过几天学吗？总爱挑人毛病。我要跟谁碰面都和她没关系，如果她也想去见那些大人物，那直说就好了嘛。在公事里混入私心真给人添堵。"

不过沙名子认为，在工作上指出问题根本不关留学的事，美华也不会在工作中掺杂私情，而且要报销社交费用的话，当然要写明这钱是花在了谁身上。

玛莉娜看上去心情愉快。沙名子前几天就开始觉得，"美华的嫉妒"让玛莉娜十分受用，这一观念令她比以前还要快活。

"森若小姐，你在这方面就很讲公平，真不错。"

"过奖了。我有几件事想跟你确认一下，差不多一周前，你一个人去九州的北陆温泉旅馆出了三天差，对吗？"

沙名子把两张报销单放到玛莉娜的办公桌上。

玛莉娜飞快地扫了一眼单子，便简单地答道："对，没问题。"

"目的是？"

"考察，而且我是经过新岛部长的允许才去的，请你随便帮我写一下好了。"

"你确实去了吗？"

"当然啊，但我凭什么要被你这么质疑？"

"因为我觉得你最近很少被派去出差，一年前左右你好像还经常和圆城专务同行。"

玛莉娜眉毛一跳，像是吓到了。

"专务很忙的，我也不闲，又不需要次次都陪同啊。"

"原来如此。然后，这一份是银座东菱百货商店珠宝专区开出的发票，金额二万四千日元。就算是赠礼，价格也太高了，所以我希望了解清楚你购物的品名和赠送的对象。虽然麻吹小姐应该也问过这个问题。"沙名子一边拿出另一张报销单一边说道。

发票上已经显示了所购物品是男用领带夹与手帕的套装，而在内海拍到的视频中，牧原市场集团的那名男经理也戴着同样的领带夹。

"那你去问麻吹小姐呀！新岛部长已经批准了，我不想再说第二次。"

"那么，就当是送给西亚酒店集团董事的礼物可以吗？"

"没错，就这么写好了。"

这种时候，她常常不自己下指示，而是暗示对方给她建议。

沙名子一边将发票一张张取出，一边心生厌恶。

最近玛莉娜的做法变了，她不再把货款揣进自己的腰包，而是直接用公司的钱买自己想要的东西。自从她的财务对接人换成了美华，她反倒是跟部长们走得更近了。她买的东西单价虽然不高，可是加起来却不是小数目。

做出这种事的玛莉娜固然令人嫌弃，而予以批准的新岛部长也很让人不爽。

对这种现象无视至今的财务人员亦难辞其咎。美华逐份追溯并确认了那些诡异的财务处理记录，沙名子对此只能说一句佩服。

如此对质了一会儿之后，玛莉娜似乎已经不耐烦，况且她本来就容易走神。

"森若小姐，差不多该收尾了吧？接下来我还有重要的工作呢。"

"好的，那么最后还有一份报销，也是银座东菱百货商店的珠宝，请问你把它送给哪位了？从价格和时间来看，难道是这张照片上的东西吗？"

沙名子从文件夹中取出一张照片。

拍摄地点是玛莉娜兼职的女公关俱乐部"五星Z"。她和美华在内海拍到的视频中截下一帧，然后打印了出来。

玛莉娜的身段被一袭紫色丝绸礼裙包裹着，一根项链在脖颈上闪闪发光。

她拿起照片，脸色倏地转阴。

"这是谁拍的？"

她放沉了声音。

"谁拍的并不重要。这条项链的形状非常有特色，由爱心和数字组合而成，是品牌纪念日的限定商品。为什么给其他企业的赠礼会戴在你身上呢？"

"是用电脑合成的吧？这种照片一点意义都没有，我是得到批准才申请报销的，如果你有怨言，那就去找新岛部长说呗。他可是站在我这边的。"

"可以吗？"

"尽管去，我想他也会说没有问题。如果你非要挑毛病，那么我们重填一下申请就行了。这点小事你还是明白的吧？我可还记得呢——你并不在意公不公平。"

"我并不在意公不公平。"

沙名子想起来了，这是她自己曾在秘书室对玛莉娜说过的话。

玛莉娜看向她，眼神仿佛在诉说着"我什么都知道，你才没有看起来这么公正不阿呢"。

"这话是我去年说的吧？当时你私吞了从天花太平温泉乡的经营户那边收取的货款共计七十二万日元，而我放过了你。"

"你在说什么？"

玛莉娜装着蒜，不过她不可能忘了。

"这件事我一直没忘，它是我的伤疤。就算没什么证据，我却在明知有人侵吞大额公款的情况下没有理会。"

"什么意思？"

玛莉娜语带探询。

"要是我把你搞走了，一旦被部长他们知道，我也很头疼，所以才让麻吹小姐接替我过来的。有本小姐，我觉得我能帮你。反正做过一次，也不差第二次。"

玛莉娜紧盯着沙名子，仍没有放下戒心。

"森若小姐，你鼻子很灵嘛，跟我一样。"

她抱起了胳膊。

"这张照片就给你了，项链我也会当成赠礼处理的。"沙名子说道。

玛莉娜站了起来，双手拿起照片，一边注视着她，一边"哗啦啦"地把它撕得粉碎。

这一幕又像是什么职场剧里的场景，她肯定一直都很想找个机会演这么一出。哪怕她只是个连一张电子表格都做不好的秘书。

她把撕碎的照片从沙名子眼前洒下，碎片上还有着她身穿紫色礼裙的样貌。它们从沙名子眼前掠过，掉到了厚厚的地毯上，如落英般散了开来。

"我是你的伙伴。"沙名子说道。她觉得自己方才成了玛莉娜主演的连续剧中的配角。

她脚边掉着撕碎的照片，而她则踩在了玛莉娜的脸上。

"你真有意思。"玛莉娜笑了，"确实。我也觉得只要你想，就能做出一些有趣的事。之后我们公司会发生很大的变化，其实你认为在这种破公司——抱歉，在这种小公司工作很无聊吧？然后这辈子也就这样了。不过你没想过还有其他的路可以选吗？"

"我想过，这样下去我的人生将会一成不变。这么过一辈子直到老死，真的能获得幸福吗？"

"但没有勇气的话，可没法迈开步子哦，大家都是这样。其实做做看又没关系，只要不介意周围的人怎么看就行了。"

"我也有这种勇气吗？"

"我很看好你哦。我能感觉到你的想法，这点看人的眼光我还是有的。虽然我一直都单打独斗，可是我也很想要伙伴啊。森若小姐，你去过高层公寓的顶层吗？你不想住在那种地方吗？"

——不想。我不愿用别人的钱，只希望在自己能力所及的范围内过活。

不过就算她这么说，玛莉娜也不会理解的；就算她坚持自己的观点，对方也只会归结为是她的嫉妒心在作祟。

玛莉娜打量着沙名子，非常慎重地判断她是否能够加入自己的阵营。而沙名子则在想，原来玛莉娜这样的女人也想拥有伙伴。

——这大概就是她的生存方式吧。小心翼翼地对部长和其他同事撒下诱饵，窥视着他们的反应，然后和他们结盟。即便"天天"只是家小企业，这种做法却也是行得通的。

"从高层公寓里看出去的风景很美吗？"沙名子缓缓地提问。

玛莉娜笑了："很美哦，浴缸旁边有很大的玻璃窗，可以边喝淡红色的葡萄酒边泡澡，体验过一次就忘不了啦。就算对公司鞠躬尽瘁也得不到任何好处，不战斗的话，人生是不会迎来胜利的。"

在"天天"工作时，沙名子虽然没有特别的好处，但也能按劳领取报酬。平常会在更衣室里听到各种鱼龙混杂的情报，还能得到印有"天"字标识的赠品包。她被有些轻浮的男同事告白了，对方比自己想象的更温柔，她亦开始感到幸福。她就是过着这样正经而美好的生活，没有人会责难她，但她的日子也很无聊。

"森若小姐你能理解哦？果然是个聪明人，和麻吹小姐不一样。说到底她也就是个好人家出身的大小姐。大家都这德行，净是些少爷小姐的。"

"有本小姐你也是吧？"

"我……"

玛莉娜瞬间咬紧了嘴唇。

但随即，她又收拾好了情绪，抬起头来说道："如果你这位财务人员能来帮我，那能做的事就更多了。这家公司不过是块垫脚石。下次我们一起去吃饭吧，我带你去些你从没去过的好地方，如果你需要，我还能介绍好男人给你，也是你平时根本见不到的好男人哦。

"我会考虑的。"

"快点决定吧。别看我这样，其实我很喜欢你。"

"非常感谢。"

沙名子说道。她觉得玛莉娜是真的中意她。随后，她收拾好文件，离开了秘书办公室。

沙名子"啪"一声关上了门，就看到美华正站在走廊上。

虽然她眼睛看着文件，但很明显是在等沙名子。

"森若小姐，办得怎么样？"

"录好了。"

沙名子简单地答道。同时从胸前的表袋中拿出一件录音设备，关掉开关。

她直接往楼梯走去，在确认了楼梯间没有旁人之后，把设备交给了美华。

"我只跟她说了些能当成证据的话，不过不知道录音效果怎么样，还请你检查一下。"

"辛苦你了。"

"打扰了——"

"稀客啊——"

设备中传出了沙名子和玛莉娜的声音。

"你已经确定有本小姐上周并没有出差，是吗？"

"是的，那段时间内海正好在她的公寓盯梢，她坐了牧原市场集团的叶山先生的车外出，到第三天傍晚才回来。之后就去'五星Z'接待客人了。她出假差不太像是为了骗差旅费，倒更像是希望不请假就休息几天。"

"有本小姐住的是那种高层公寓吗？"沙名子问道。

美华脸色一沉，回答说："应该不是吧，我没问。不过这个问题要紧吗？"

"我只是有些在意。所以有本小姐的恋人是那位牧原市场集团的先生吗？不是新岛部长或吉村部长啰。"

"嗯，内海稍微调查了一下，但没见她和那两位部长见面。叶山先生就是三月份在'五星Z'和有本小姐同席的那位。内海把原始视频放大后看到了名片上的名字。有本小姐和他见得很频繁，看来他才是真命天子。

"我只查了历史报销申请记录，不过当初提拔有本小姐担任公司秘书的似乎也是新岛部长。财务部在七年前处理过几次其他女公关俱乐部开出来的发票，根据内海打听到的消息来看，有本小姐那时候就在那家俱乐部。新岛部长有很强的发言权，应该是有办法让她进公司的。或者说，如果不是靠他，也找不出雇那种女人的理由了。我前几天听到中岛小姐在更衣室里说，我们公司的怪人很多，新岛部长真是不会看人。"

沙名子不否认这一点。毕竟这位新岛部长最近看中的就是跳槽过来的美华。

"吉村部长和姊崎部长呢？"

"吉村部长是这几年才开始处理报销的，他手里出来的申请最多，所以很醒目，但我觉得他就是因为每笔钱都批得问心无愧，反而没有戒心。而且他本来就是那种在花经费时只看个笼统账的人。至于制造部的姊崎部长，他一方面人在静冈，一方面也从没有提交过'畑中策划'开的发票。"

"这么说，新岛部长可能是先通过玛莉娜接触到叶山先生，然后和'太阳生命'开始对话，再把吉村部长和姉崎部长都拉入伙？"

"我是这么认为的，我打算把这些汇报给新发田部长。"

沙名子琢磨着玛莉娜到底是怎么给新岛部长撒"饵"的。

——应该不是靠色相，而是不知怎么察觉出了新岛部长手里有公司的股份以及他对投资感兴趣，于是便和自己的恋人——牧原市场集团的叶山商量了一下，然后和"太阳生命"展开周旋。再对新岛部长说："部长，你就打算这么过一辈子吗？不想欣赏一下从高层公寓看出去的风景吗？"

"请你再晚点去汇报，我还有事想确认。"

"什么事？"

"我觉得有本小姐总有一天还会再牵扯别人进来，虽然不知道是新岛部长还是社长，不过希望你能在她行动之后再提交录音。"沙名子说道。

玛莉娜不擅长忍耐，她估计会憋不住想把沙名子入伙的事告诉别人，而且谈话对象应该是手里有权势的人物。沙名子想要确认一下对方到底是谁。与其由自己提出证据，还是等对方做出自己期待的举动会更有效。

"明白了。"

美华答应了下来。

"啊，森若姐，美华姐，玛莉娜小姐怎么了？"

她们俩一回到财务室，真夕就开口了。这阵子她的任务似乎不是很重，正端着马克杯喝咖啡。

沙名子有些惊慌，或许比刚才和玛莉娜对峙时更为不安。

"我说过要去秘书办公室吗？"

"不说我也知道啊——"

她没想到真夕这么敏锐，于是暗自戒备，心想绝不能掉以轻心。

"森若小姐，你现在方便吗？"

这时，山崎也来了。他径直走向沙名子的办公桌。

"好的，要报销是吧？"

"不，你前几天问我的那件事有进展了。"山崎压低了声音，干脆地说道，"我和社长、吉村部长都谈过了，结果是我们杞人忧天。吉村部长和新发田部长两人是合作关系，制造部的姊崎部长则并不想掺一脚。按这样发展下去，新岛部长会被迫退休，所以希望你别太把这当回事了。"

沙名子看着山崎，只见他的眼神非常清澈。

"森若，来一下。"

新发田部长一早来到财务室，便叫上了沙名子。

"来了。"

沙名子跟着新发田出了财务室，一起走到那间充当会议室的小隔间。每当他有话要对下属们说时，都会把他们叫来这里。

虽然她觉得自己早晚得被人找上门，但没料到叫她出来的人是新发田部长。她还以为会是新岛部长。

"怎么讲呢……我从总务部那里听说了点事。"

"总务部？您是指新岛部长还是有本小姐？"她问道。

"是有本小姐，她夸你是个优秀的财务人员，也是公司不可或缺的人才。我心想秘书科的对接人都换成麻吹了，所以有点意外。"

——居然夸我。

沙名子简直想笑，原来玛莉娜还有这一手。她本想着对方会像之前宣扬过的那样去找部长们说她的坏话，结果竟然夸了她。

——有本玛莉娜不讲道理，凡事靠自己的感性行动。她判断现在应该夸我吗？

"我前几天找有本小姐谈了她至今为止是怎么花公司经费的，指出她把经费用在私人开销上，还追究了她去年私吞温泉旅馆货款的事。"

"订购肥皂的货款是吧？"新发田部长小声嘟哝道。

她之前就对新发田部长和勇太郎汇报过这件事，他们似乎也没忘记。

"但当时因为没有证据，你就没再管了吧？"

"当时确实如此，可后来麻吹小姐和旅馆方面交涉，请对方发来了账本和发票的复印件。先不说要不要有本小姐把钱吐出来，至少现在已经有证据了，所以麻吹小姐才是优秀的人才，而不是我。"

"原来如此……那她为什么要夸你？"

新发田部长摇了摇头。

他其实明白玛莉娜是想对沙名子采取怀柔政策，不过他也是个油盐不进的人。

"我毫不客气地指出了她的问题，她可能也接受了批评并且在反省了。总之，详情请您去问麻吹小姐，如果一切数字都对得上，那么涉事总额还挺可观的。根据实际情况，我认为或许有必要要求她赔偿或者对她下处分。"

"私人开销具体是指什么？"

"大多和'畑中策划'有关。"沙名子答道。

其实"畑中策划"就是女公关俱乐部"五星Z"的别名。

新发田部长不吭声，沙名子看到他这副表情就明白他其实知道玛莉娜的副业，而且搞不好还去过那里。

山崎的话恐怕不假，吉村部长和新发田部长相互合作，搞不好连社长也和他们是一伙的。

"明白了，我会问问麻吹，也会仔细考虑怎么处理有本小姐，你就不用再深究下去了。"

"那凡事拜托您了。"沙名子答道，但离开小会议室之前，她又突然问了一句，"新发田部长，'太阳生命'真的要把我们公司买下来吗？"

新发田抬起了头。

"你这是从哪里听来的？"

"我在女更衣室里听到有人这么说，心里很不安，所以想找您确认一下。"

"你啊……"新发田部长微微叹了口气，脸上是从未有过的严肃表情，"你眼里容不下沙子，所以我知道你很生有本小姐的气。但是我不会把我们公司拱手让人的。社长和吉村也抱着同样的想法。"

"我明白了，我相信部长您。"

沙名子鞠了一躬，走出了小会议室，心想自己其实也没这么容不下沙子。

"森若姐，今天天气真好啊！"

真夕在等水烧开，看沙名子回到财务室，便向她搭话道。美华在座位上查收邮件，勇太郎人不在这里。

"我想去买咖啡，不过手头没有付款通知书要寄，已经全都处理完了。虽然这也是件好事啦。"

"那么麻烦你去邮局记个账好吗？我想去确定收到的款项，但是现在脱不开身。"

"嗯，好的，那我去了。"

"真夕，今天你和希梨香一起吃午饭吗？"

趁着真夕正把存折装到透明塑料文件袋里的当口，沙名子若无其事地问道。

"午饭？如果希梨香没事的话我们应该会一起去的。"

"那么我有件事想拜托你问问她，因为最近我听到了些奇怪的说法。"

"什么奇怪的说法？"

"是说，'太阳生命'想收购我们公司。尽管新发田部长否认了，不过我还是很在意。希梨香可能知道得更详细些。"

"太阳生命？收购？"

美华抬起了头，真夕则瞪圆了眼睛，慌慌张张地抢着说道。

"好，我知道了，我中午去问问她。"

"不用很严肃啦，就当是闲聊吧。别告诉别人哦。"

沙名子一边把邮局开的存折交给真夕，一边随意地说道。

新发田部长晚些时候又回来了，然后把美华叫了出去。

"怎么回事？工会突然说有事要宣布。"

真夕在沙名子身旁，有些不安地说道。

她们正在"天天"四楼的会议室内。这是公司最大的会议室，员工们都聚在一起，现场吵吵嚷嚷的，入口处还不断有人进来。

自从沙名子和新发田部长谈过之后已经过去半个月了，今早突然收到工会发给全体员工的邮件，要求有空的人都要在中午十一点四十五分到大会议室集合。

新发田部长说他会留在财务室，所以其他人都去参加会议就好。

勇太郎在沙名子她们前面，织子凑近了他，看上去毫不知情。总务部的由香利和窗花在墙边悄声对话，美华则在离她们远一点的地方站着。

"我说，真会公布那件事吗？就是'太阳生命'……"

沙名子正想着谁在说悄悄话，原来是希梨香找到真夕后就来搭话了。

"果然要说那个了吗？不要啦。"

"我最开始也觉得超级震撼，不过要是能当人家的子公司不也挺好？'太阳生命'好像经常会让女员工来做策划的。"

"可或许不是成为子公司啊，而是直接被吞掉。这下子天天肥皂可怎么办啊？"

"天天肥皂还是会继续生产的吧？不然所有日本人都会头疼的。"

"你这说得也太夸张了，不过我是会很头疼啦，毕竟我家一直都在用天天肥皂嘛。"

"我家也是啊，要是不给生产了，那我也反对两家合并。"

看来希梨香其实也不淡定，措辞都没平时那么毒辣了。

人群中不时冒出"太阳生命"一词。半个月下来，这件事已经在公司里传得有鼻子有眼了。

销售人员们也纷纷入场，太阳在队尾和镰本说着话，立冈不安地打量着周围，千晶不是正式员工所以不在这里。

开发部也来了几个人，不过美月并没有出现，她现在应该在研究新的泡澡粉，大概认为没必要特地从茨城跑来参加这个会议。由于工会通知得十分仓促，所以在静冈工厂上班的制造部几乎没人赶来。

"各位同仁，感谢大家今天在繁忙的工作中抽身前来参加会议。"

在集合时间过了五分钟后，工会主席出场了。

他是在总公司工作的制造部员工，全场人员都一齐注视着他。

"本公司劳雇双方中已有一半以上人员同意了明年起即将实施的经营体制及人事规定，今天我会就此向大家作出汇报。

"本公司的社长——円城野洲马明年起不再就任社长一职，改任会长，社长由专务董事円城格马就任，同时本公司将与关东地区的公共浴场'蓝之暖浴'所属的'篠崎温泉蓝色SPA'及生产化妆品的'驯鹿化妆品'公司合并，'篠崎温泉蓝色SPA'的社长村岛小枝子和'驯鹿化妆品'的社长户仲井大悟将成为公司的执行董事，与总公司部长享有同等级别和待遇。今后，本公司会按'委员会制'开展经营。"

人声如涟漪般在一度安静下来的现场中扩散开来。等员工们差不多吃透了上述通知之后，一位站在内侧的男士迅速走上前来。

原来是円城格马。他高高的个子，身穿深蓝色的西装，抿紧了嘴唇，凝视前方，整个人就像是画报中那种精力充沛的商务人士。

"我是专务董事円城格马。各位听到这份突如其来的报告，想必都十分震惊。明年我将就任公司社长，因此希望在此谈一下我个人的经营理念及基本方针。"

勇太郎在沙名子前几排，和织子并肩，一脸认真地听着格马的发言。

"没想到结果是这么回事啊。"

山崎晃进了财务室。

现在是十二点三十分,正值午餐时分。财务室里只有沙名子一人。她吃完了便当,想去散个步顺便买点东西,可财务部门必须有人留守,于是便泡了一杯药草茶。

平时新发田部长都会在办公桌前看报,不过今天却和勇太郎一起出去了,肯定是与吉村部长、円城格马以及其他高层人员在一道边吃午餐边谈工作。

格马没有留时间给员工提问,大家从集合到解散不过十五分钟左右。美华得知公司不会和"太阳生命"合并后也暂时放下了心。真夕则被希梨香等女同事一起约了出去。

"事情不是和你想的一样吗?円城专务讲话时,新岛部长都没露脸,应该是离职了吧?有本小姐大概也一样。"沙名子说道。

新岛部长从前几天开始就没再来过公司,疑似身体抱恙;而从年龄来看,他也差不多该退休了。

"我可没说我都料中了。吉村部长其实是打算推进得更缓慢一些的,我估摸着他原计划把今年一整年都花在这件事上头。"山崎沉稳地说着。

"可是谣言已经传开了,结果由不得他吧?对股价也产生了影响，这不是会让人想着尽快公布实情了吗？"

"森若小姐，是你散布的吗？"

"谣言都是自带传播力的啊。"

"话虽如此，但这种事一般都会压到最后一刻才公开，而且既然社长也知情，那么就连告密都无从告起了。"

"是吗？可专务也许并不知道。就算知道，大概也会被排除在外。毕竟他和社长站在对立面，所以这也是没有办法的事。"

药草茶泡好了，她端着马克杯回到了座位上。

这种男人之间的八卦话题其实完全可以跟销售部的同事去聊，她不明白山崎为何来找上她。

"这情形就相当于父子吵架吧？森若小姐，没想到你这么清楚其中的关系。"

"我也是猜的。新发田部长也好，你也好，嘴上说着今后的发展，可是却从没提过圆城专务，好像他根本就不存在似的。"

"这个嘛——因为吉村部长反对家族经营啊。"

"这说法听起来是好听，不过吉村部长还有新发田部长其实都想加入经营者的行列吧？社长身体不好，就快退休了，得趁着圆城专务'继位'之前假意听从新岛部长的提议，搞到他栽跟斗，接着向社长卖个人情，可能的话再搞点公司股份，最终是希望强化自己在公司里的发言权吧？"

山崎露出了微笑。

沙名子觉得自己应该猜对了。因为他就是会为这种推测命中真相而感到高兴的人。

"森若小姐啊，这些都是你自己推敲出来的吗？还是说——这也是你的直觉？"

"我只不过觉得吉村部长有这个野心罢了，是你说他会在火中取栗之前先探探温度的。"沙名子继续回说道，"吉村部长呢，'宁当鸡头，不做凤尾'。在我看来，比起去顶尖阵容里垫底，他更愿在中间这一档里领跑。而且赌上销售部长的自尊，他也不可能乐意去竞争对手的旗下做事。而新发田部长虽然看起来冷淡，其实很重感情，又讨厌别人在数字上钻空子，所以不会原谅背叛公司的新岛部长。此外，要是吉村部长不理会円城专务，掌握公司内部实权，对你来说可是一件好事。"

而另一方面，格马其实一直把控着距离，对"老资格"们敬而远之。

沙名子从美月口中听说了社长的病情以及格马的烦恼，但她没必要把这些情报告诉山崎。

"原来如此。那新岛部长呢？他看起来是其中最平凡的一位了。但这件事本身就是因他而起，我觉得不该让他这么安稳地退休，狠狠批他一顿才好。"

"他本来是我最捉摸不透的一位。不过跟有本小姐聊过之后，我就能理解了。"

"你们怎么聊的？"

山崎简直就像是在考她似的。

"他是个投资家，我想他应该是图利吧。只是这次玩得过火了，有本小姐也一样。他们可能都觉得自己能掌控局面，于是便开始踏入危险的领域。一旦开始商量合并公司的话题，我就料到会是这种结果了。他的败因在于过度信赖吉村部长。而吉村部长好歹是销售的行家里手，就算真堕落了，也很清楚自己要什么。"

"原来如此。"山崎抱住胳膊，往下说道，"所以你在公司内部散播谣言，搞得社长心急，好让他和新岛部长赶紧退休，并且由专务来当社长，是吗？

"我就不明白了，在公司内掌权的不管是吉村部长还是円城专务，对你来说都一样吧？既然大家都为公司着想，那么交给吉村部长不就行了？先不管我怎么想，你可不像是会站队认老大的人啊。円城专务的方针也不见得正确，毕竟他还年轻。"

"至少他没有在财务上出过错，田仓先生说他OK。"

"我最意外的还是你居然对办公室政治感兴趣。"

"我才没兴趣。"沙名子说道，这是实话。

但是她希望自己的朋友能获得幸福。美月必须专心工作，不该操那些心。在斗争中败下阵来的专务不配做美月的丈夫。

——仅此而已。

沙名子对自己说道。

——"从高层公寓里看出去的风景很美吗？"

她不承认在和玛莉娜谈话时，自己真有那么一瞬间想试着走上不同以往的道路，想领略未曾见过的景色。她只希望离玛莉娜远远的，在自己一不小心跟她走之前，以最快速度把这项任务结束掉。

"我刚刚从总务部听说了，他们好像要办新岛部长和玛莉娜小姐的欢送会。他俩已经确定要离开了呢。你要参加吗？"

山崎离开财务室前问了沙名子。

"不了。"

沙名子摇摇头。除非有到场义务，不然她坚持不出席各类欢迎会和欢送会。

"森若小姐，好久不见。"

距离上次公司会议几天后，沙名子又见到了玛莉娜——就在欢送会当天。

时值周五下午六点半，她正在离公司最近的车站边上。等到其他同事们都去参加欢送会了，她便立刻离开公司。毕竟她说了自己晚上有事，那么一直泡在公司里就很不自然。

真夕说要去欢送会，新岛部长虽然不起眼，但相当有人望。从他确定离职起，公司内到处都能听到有人在说自己曾受过他的帮助。

"晚上好，你不去欢送会吗？"沙名子问道。

玛莉娜人缘极差，外加上不知道从哪儿走漏了消息说她把经费花在私人用途上，因此也有员工说都是她害新岛部长辞职的。要是她露面，可能只会把气氛搅得更糟。

"怎么可能去啊，那么无聊的聚会，所以你也不去，对吧？"

玛莉娜脸上露出假笑。

她穿着白色的连衣裙和钉根浅口皮鞋，秀发亮泽，像是刚去过美容院似的，胸前垂着那条由爱心和数字组合而成的项链。不过就美貌的程度而言，倒是比在当秘书和陪酒女时都差了一截。

"我并不觉得无聊。"

"你就知道撒谎，真是个骗子，还录音。"

"我以前也说过，自己并不在意公不公平。"

玛莉娜有一瞬间露出了不愉快的表情，但随即又立刻扬起脸看向沙名子。

"没关系，这次是我输了，不过我也不是来说这些的。"

"那你有何贵干？"

"我要结婚了。"玛莉娜耸耸肩说道。

"这样啊。"

沙名子答道，连"恭喜"都不想说一句。

"是的，下周我就要搬到他的高层公寓里去，以后估计不会再跟你见面了，所以我想还是直接找你说一声吧。"

"辛苦你了，还特地来通知我。"

"你如果不那么固执，就能过得更幸福啊。今后会后悔的哦。我想说的就是这些，再见。"

玛莉娜放下话后忽然扬起手，拦下了一辆出租车。沙名子听到她对司机说去新宿，声音干脆利落，完全就像是一个能干的秘书。

沙名子有些哑然，目送着出租车驶远。

——她都不去参加欢送会，还为了告诉我婚讯而特地跑了一趟。

——花一番功夫就图这点事？

然而，她心里却觉得有些烦躁。

婚讯并不是胜利宣言，可她仍有种败北的感觉。这就是她生气的缘由。难道结婚便能抵消将经费挪作私用一事败露后遭到劝退的事实吗？

她有些暴躁地拿出手机，不等心情平复就开始给太阳发起了短信。她现在就是特别想对太阳撒撒娇。

新岛部长的房子建在东京市内一条幽静的住宅街上。

那是一栋两层楼高的独院独户建筑，说不上多么豪华，院子里种着大株的美洲山茱萸和紫阳花，正枝繁叶茂的，一片绿意。玄关边上是停车位，一辆金属银的宝马轿车和一辆朱古力色的小型汽车并排停在那里。

沙名子看清门牌上写着"新岛"二字之后，抬头打量了一下这栋房子。

一查他的地址就知道他并没有住在高层公寓里，而这条街搞不好还倒比高层公寓更显身价。毕竟这里一直都属于上等地段，一派沉静，毫无任何花里胡哨之处。

她也不知道自己到底是为了确认什么才在休息日特意跑来。

她趁着财务部还没把开给离职员工的文件寄出，先将它随身带了过来。这样一来，万一受到新岛部长的非难，也算是有个送文件的借口。不过仔细想想这种做法其实很不自然。

——还是回去算了。

她正准备调头离开，却看到新岛部长开门走了出来。

"森若小姐？你好啊，稀客稀客。是来找我的吗？"新岛部长悠悠然地对她开了口。

他像是穿着居家服就直接跑出来了，身上一件茶色的针织衫再加一条黑裤子，看起来完全就是个和善的老人家。

"抱歉，其实我有些在意的事，但总觉得直接拜访您很失礼。"

"哪有什么失礼的，我刚离职正闲着呢。前几天我们部门的同事把我留在公司的私人物品给送来了，有年轻人过来我可开心了。进来坐坐吧？我老婆也会很高兴的。"

沙名子觉得新岛部长是位优秀的管理者，富有责任感，关心员工，哪怕对方和他没什么交集，他也会记得人家，要是有人找他咨询事情，他亦不会嫌烦或者摆架子。

她从没听过由香利和窗花说他的不是，而且他既不像新发田部长那样总把要干的活完全扔给她和勇太郎，也不像吉村部长那样不分青红皂白训斥下属，还会喝多了就胡说女人这个不行那个不行。

"啊——不用了。"

"那你在意的是?"

"新岛部长您为什么离职?您是社长的盟友,在'天天'进军东京的时候起,您就和公司同呼吸共命运。您这样的人会被有本小姐的野心影响,导致离职,我是怎么都没法接受的。"

新岛部长稍微沉默了一会儿。

"这件事啊……总务部的年轻人们也跟我说了同样的话,但是我没有要责备有本小姐的意思。我马上就要六十岁了,等社长退休,也就该是我离开的时候了。有人会替我抱不平,我已经很知足啦。"

他一字一句地说着,仿佛把话从口中挤出来似的。

接着,他请沙名子稍等片刻,然后回到家中。

沙名子等在原地,还不到五分钟他就回来了,脚上换上了运动鞋,头上戴着棒球帽,帽子上还有美国职棒大联盟[1]中一支热门球队的队徽。

"我非常热爱棒球,虽然也只是有时去球场看个比赛,上击球中心玩一玩而已。不过今天正打算去击球中心呢,就在车站对面。森若小姐,你愿意和我一起走走吗?"

"好的,还请允许我和您同行。"沙名子说道。

他们并肩走在路上。新岛部长个子小小的,沙名子穿着跟高五厘

---

1 "美国职棒大联盟"全称"美国职业棒球大联盟(Major League Baseball,简称MLB)",是北美地区最高水平的职业棒球联赛。——译者注

米的浅口皮鞋，便和他差不多高了。

"原来您喜欢棒球啊，我还以为您准是高尔夫派的。"

"野洲马先生和吉村都会约我去打高尔夫，不过我怎么都没兴趣，不想玩就是不想玩。这是我的缺点啊。现在我家孙子在打棒球，我的兴趣就是去给他加油。"

"我听说您在投资。"

新岛部长苦笑道："我几乎没公开谈过这件事，亏你还能知道。其实也没什么大不了的，我的祖父母曾有一些股票，转让给我之后，我就把它们当成本金来用了。我年轻的时候正好赶上泡沫经济时期，买什么都涨，所以很有投资价值，后来就一直勉强持续到现在了。"

"真没想到，不过感觉很有意思。"

"最近就不一样啦，不比从前呢。"

他的口吻很平静，接着又像想起了什么似的补充道："对了……要说最有趣的，或者我做的最成功的，其实不是股票。而是把宝押在円城野洲马身上。现在离开公司了，我才能把这些都说出来。"

他眯起了眼。

"把宝押在社长身上？"沙名子问道。

"是啊，在三十年前……还是更久之前呢？当时天天股份有限公司还叫'天天肥皂'，我则在证券公司上班，经朋友介绍见到了野洲马先生。

"他在九州开办了'天天肥皂'，带着配方进军东京，说以后要在全国范围内销售天天肥皂。这话题真的很有意思，最开始我们只是一起玩，后来我辞了职，帮他一起经营公司。听到我把股票卖了多少钱之后，我父亲都吓一大跳。而在我从证券公司辞职的同时，泡沫经济也崩塌了，结果我居然是以最高价位抛掉了股票。于是我在圆城野洲马身上赌上了全部的财产，在天天肥皂上赌上了整个人生。

"之后，'天天'建了新工厂，提升了规模，新发田和吉村他们也加入了，我们公司成为'天天股份有限公司'，还扩大了事业版图。野洲马先生用股份的形式把我当时出的钱还给了我，直到今天公司的业绩还很坚挺，我也认为自己作为总务部长确实对公司做出了贡献。

"在我看来，我们公司对员工很厚道，是家模范企业。当然，我毕竟是公司的创建者之一。虽然我不懂肥皂，可对培养人才还是很有自信的，因此一直努力去把公司建设成一家优秀的企业。"

这是在泡沫经济时期常见的佳话，之后要是能从中获取经验，还可以在接待客户时当作动人的事迹来攻陷对方。

"那时候，野洲马先生和我都还年轻，姊崎先生也是，吉村也是，真的都很年轻。如今天天肥皂已经遍布日本各地了，在我退休之后还能有员工来看我，我赌赢了。我的职业生涯可真棒啊。"

"但您为什么打算把自己一手建立起来的公司卖给'太阳生命'呢？"沙名子问道。

新岛部长沉默了。

他摇了摇头，然后轻声念叨了起来："'太阳生命'吗……说起来，年轻的员工们确实提起过他们家。好像是有这种谣言呢。"

"这并不是谣言。新岛部长，您认识'太阳生命'的土井执行董事、牧原市场集团的牧原社长以及叶山总经理吧？叶山总经理是有本小姐的未婚夫，两人就快要结婚了。这其中的渊源还真是挺有意思的。"沙名子说道。

新岛部长凝视着她的面孔。

她想不到他会露出这样的表情，尽管还是之前那副和善老人家的样子，唯有双眼迸发出了年轻的神采，像是在瞄准目标一般。

"这件事，野洲马先生是知情的。"他答得非常沉着。

"新岛部长，您之所以退休也是因为这件事吧？可员工们都还蒙在鼓里。如果您不打算多说，那么我就考虑去问问总务部的同事们了。平松小姐也好，横山小姐也好，还有您的其他下属们都很尊敬您，想来他们也会对您的另一面很感兴趣吧？我有证据。但其实，我只是想知道您这么做的原因。要是您能告诉我，我绝对会保密的。"

新岛再次苦笑了。

"你为什么那么想知道啊？"

沙名子噎住了，她自己都不太明白理由。

"我只是想要说服自己。"

"我刚才说的还不够吗？"

"我觉得您说的真是一段佳话，可是却没有提到最关键的部分。

为什么您要背叛圆城社长？"

"我听有本小姐提起过你，我果然没看错你啊。"新岛部长轻轻叹了口气，嗫嚅道。

"我不想把同事们的评价当成牌来打，但是正因为您那么有人望，我才会如此在意。您是想住进高层公寓吗？投资多年最后背了债吗？跟有本小姐是情人关系吗？还是说她手里有您的把柄？"

"我还不至于出这种岔子，也不想住高层公寓。而且我现在哪是恋爱的年纪呀，更何况我很爱我的家人。"

"那您何苦？"

新岛部长低下了头。

他压低棒球帽的帽檐，遮住了眼睛。

"因为一切都太顺利了。"他缓缓答道。

"太顺利……"

"我说过自己把人生也赌在公司上了，是吧？结果是那么地顺利，我开始感到无聊。"

他说得非常淡然。

"所以我想再赌一次，想再赢一次。这大概是我这辈子最后一次也是最大的一次赌博。由我来说服部长们，把公司卖掉，然后得到回转资金，而对手就是我敬爱的圆城野洲马先生以及'太阳生命'，因此很有试一把的价值。"

"……您其实有负债吗？"

"不，我的人生非常安稳，手里有这栋房子和股份，再不济我还有父母的遗产呢。"

沙名子注视着新岛部长。

"那么，您是说您还想获得更多吗？"

"也不是，我已经什么都不需要了。要是我想，就能赚到更多钱，或许还可以得到社长的位置，可是我想要的并不是这些东西。我只是想要赌一赌。当我们在拼命推敲经营策略的时候，那孩子——也就是円城格马，却脑袋空空，只知道玩乐。眼睁睁地看着自己锻造出来的成果被交到他手上，我有多不甘心啊。反正社长就快隐退了，我也马上要退休，那么索性把'天天'结束掉不是挺好吗？"

——所以他才想把天天股份有限公司卖掉吗？

——就为了赌一场吗？

沙名子背脊发凉，后悔自己为什么要这么急于求成。与其让円城格马就任社长，还不如交给吉村部长，由他来斗倒新岛部长。

"不过这次输了我也不后悔，比赛已经结束了。我现在反倒神清气爽的。在说服吉村、瞒着野洲马先生私下集会的时候；在清点各方手里的股份，琢磨如何把円城家族中的人拉拢过来的时候；以及在跟土井先生、叶山先生围绕价格展开交涉的时候；那种种兴奋感，没有体会过的人是不会懂的啊。

"结果我还是被吉村和野洲马先生摆了一道，但我很久没尝过这种滋味了，所以感觉根本就不痛不痒。不愧是野洲马先生，非常当机立断。不过听到格马要当社长的消息时，吉村应该也愣了吧？我也是因此才停不下来的。"

新岛部长仿佛喝醉了一般侃侃而谈。

——可是员工们怎么办？天天肥皂又怎么办？

——开发员们先经过研究做出配方表，接着靠制造人员设计工艺和流程、生产肥皂，再由销售部进行策划宣传、四处销售，这就是所谓公司。一旦公司不在了，员工们的生活会失去着落，而顾客们也用不到物美价廉的天天肥皂了。

——不论能卖出什么价格，公司都不该是手中的赌本。总务部长理应明白这一点。

——就是因为心里明白，所以才会这么亢奋的吗？

他们已经走到了车站，击球中心就在对面。

新岛部长没有离开，他等着沙名子回话。

"去吧。"沙名子小声喃喃道。

——这种人也配担任管理职？这种不把人当人看待的人，可别再胡扯什么培育人才之类的了！

——下地狱去吧！

新岛部长微微一笑。

"森若小姐，谢谢你。"

他看起来非常快乐，也不知到底有没有听到她的自言自语。她不再理睬对方，开始往进站口走去。

后记

盛夏时节的真夕

"森若姐，你是在闹苦夏吗？"

现在是周一中午，真夕向沙名子搭话道。

她觉得沙名子看起来很低落，于是有些担心。

沙名子偶尔会转变状态。她平时总是很中立，专心工作时的态度却是强硬的。而在她进入超级强势的模式之后，一切都与她的情绪高低、心情好坏没有关系，她只会按自己当下的"模式"办事，没人能阻止得了她。

这几天——不，这几周来，她一直都是强硬模式，但从本周起，她似乎又恢复到了中立状态，人也没什么精神，总是喝着红茶陷入沉思，不知道是不是之前积累下来的反作用。

"嗯？不，没有啦。"

沙名子好像吓了一跳，抬起了头。

"那就好。这阵子出了好多事，我也累坏了，周末要去看场演唱会发泄一下。"

"放松确实很重要，我也去旅个游好了……"

"旅游？真不错！之前办欢送会时，平松姐说要趁暑期休假的时候去北海道。感觉像是要和男朋友一起去哦，这下离喜事也不远了吧！"

听到"欢送会"的刹那，沙名子整个人都僵了一下。

真夕立刻觉得自己又说了不该说的，这种时候想到什么就说什么是她的坏毛病。

——果然和玛莉娜小姐有关啊……

她看着电脑屏幕，回想起了那位刚离职不久的盛气凌人的秘书小姐。

有本玛莉娜没有来参加欢送会，她发短信说自己正忙着为结婚做准备，所以不能前往，等婚后也会去丈夫的公司帮忙，祝大家一切安好。

织子读完短信后几乎露出了苦笑——直到最后，玛莉娜都仍不失自己的本色。就和预料的一样，欢送会变成了玛莉娜的批斗大会，甚至还听到有人在说都到这份上了，她还是那么有本事。

总务部有一部分同事似乎隐约知道她用公司的钱给自己买东西。

收集证据并检举揭发她的人是美华，不过真夕觉得这件事和沙名子也有关系。毕竟她俩这阵子经常交流，好像还会一起约好去某处见面。

真夕很庆幸她俩处得好，公司内部亦开始改革，勇太郎享受科长待遇，新发田部长目前兼任总务部部长一职，她和沙名子及美华也都越来越忙，而她已经无力再负担更多工作，因此真心希望这两位能干的女性能好好合作，卖力地多干点活。

她还听说了很多有关于玛莉娜的传言。甚至有男同事先抛出一句"事到如今终于能告诉大家了",接着便说出了玛莉娜在新宿的女公关俱乐部兼职的事。女同事们都惊讶得几乎要晕倒了,但让她更吃惊的是,居然有男同事面露窘迫。

其实她原本就纳闷玛莉娜怎么会来天天股份有限公司工作,尽管有人提出这莫非和那家俱乐部有所牵连,但却被新岛部长打断了,表示既然人家都辞职了,就少提几句吧。

新岛部长性格沉稳踏实,很有人望。和玛莉娜不同,他的离开令所有人都倍感惋惜。提前退休肯定是因为他作为总务部部长,为玛莉娜的行为负起了连带责任所致。然而,他始终没有说过玛莉娜一句坏话。

"森若小姐,打扰一下。"

沙名子工作时,千晶来了。她径直走向沙名子的办公桌。

她穿着公司今年发给她的制服,脚上则是肤色的长筒袜和黑色的浅口皮鞋。或许是因为制服还很新,她看起来比穿自己的衣服时更加纯真。

"你好,什么事?"

"不是工作的事啦,我这轮合约到期之后就会转正了,所以想告诉你一声。"

"嗯?千晶你要转正了吗?太好了!"

尽管千晶不是来找真夕说话的,但她还是忍不住探出身子说道。

　　直到两年前，她还是宣传科的一员，因此和千晶很亲近。千晶工作能干，这样的人才却得不到正式录用，让她十分惋惜。

　　"谢谢你，真夕小姐。"千晶露出了微笑，"我听说新岛部长离职时真的很震惊，于是去送别他。结果他对我说，要是我想转正，那么他会在离开前帮我去说说情。这是我好久之前拜托他的事了，他居然还记得。他说这是自己在公司的最后一份任务。前些日子，我提交了转正报告，円城专务亲自做了面试，决定十月起让我转正。"

　　"真的太好了。"沙名子说道。

　　千晶点点头，脸上依旧带着笑容，双眼似乎有些湿润。

　　"宣传科也有人事调整。织子姐大概能当上科长呢。円城社长——啊，现在还是円城专务，他打算在职能岗位上更为积极地任用女性人才，我也会以成为织子姐那样优秀的传媒人员为目标而努力的！"

　　"千晶你肯定做得到的！想做传媒啊，真厉害呢！这对我来说就是做白日梦啦！"真夕由衷地说道。

　　"才没这回事啦，真夕小姐你也很认真地做着财务工作呀，我一直很尊敬你，今后还请多多指教。麻吹小姐也是！请多关照！"

　　千晶少有地夸奖了真夕。原先她对真夕的态度总是有些冷淡，和对沙名子或希梨香不同。或许是即将转正，所以她的心态也缓和了不少吧。

　　"请多关照。"

　　美华冷冷地答道，仿佛是在表明自己不会加入女同事们的友谊小团体似的。她有个坏习惯，就是面对不亲近的人时，态度总是凶巴巴的，让旁观者替她捏一把汗。

——不过不管怎么说，有人能过得幸福就是一件好事了。

真夕正如此想着，只见志保也来到了财务室。

"劳驾，我要报销。"

志保板着一张脸，一边递出发票，一边瞟了千晶一眼。

"好的！志保小姐，你最近也忙坏了吧？有好多人事工作。"

真夕说道。总务部这阵子要处理很多人事调令，加上部长又突然离职，正乱得天翻地覆。

"没什么，反正一直都是这样。"

"这样啊。发票OK——哎哟，志保小姐，你衣服上的蝴蝶结松了。"

志保背对着她，她看到志保身上那件对襟毛衣背后的蝴蝶结松松垮垮的，便下意识伸手打算帮她系好，对方却回过头来。

"你干什么？"

她斜眼瞪着真夕，大声喝道。

"对……对不起，我只是觉得，把蝴蝶结系紧些比较好……"

"它散了有什么办法！我也有一大堆事要干啊！"

"真的很抱歉。"

"真夕小姐，我先走了哦。玉村小姐，以后也请你多多指教。"

真夕急着道歉，千晶便开口了，似乎是故意插入她们的对话。

志保眯起眼睛看向千晶，千晶坦然地面对着她的目光，微微一笑："这件开襟毛衣真好看，很适合你呢。"

志保脸红了。

她似乎还想说什么，但千晶转身就走，像是不打算让她继续讲下去。就在千晶快要走出财务室时，和一位脚步匆匆的男子撞上了。

"啊！不好意思，你没事吧？"

相撞的同时，对方的文件掉在了地上，圆珠笔也"咕噜咕噜"地滚了出去。千晶敏捷地屈膝蹲下，捡起圆珠笔。尽管她身材娇小，但制服裙下露出的双腿既纤细又漂亮。

"望月先生，给你。"

"哦，谢谢。"

"没事。"

千晶轻轻行礼致意，然后离开了。

望月稍稍看了她几眼，嘴里嘀咕道："哎——室田小姐真可爱啊。对了，她好像马上就要转正了吧？这下子我就是她的前辈了，不过她年纪比我大啦，这可怎么办啊。"

望月虽然还是个新人，不过性子轻浮。织子应该要求过他把头发染回黑色，不过他却说这头茶色的头发是他的个人标签，一直顽固地坚持到现在。真是学生意气不减。

"那我也走了。"

志保说道。松松垮垮的蝴蝶结从腰上垂下来，显得有些邋遢。

"玉村姐你也在啊！你好你好。下次再请我吃饭吧！"

"好的，下次见。"

她冷冰冰地答道，随后便走开了。

"望月先生，你和志保小姐一起去吃过饭吗？"

"吃过啊，但我们是去家庭餐厅吃午餐啦。下次大家也请务必……"

"发票没问题。"

负责处理这笔报销的美华打断了望月的话，让对方无法接茬。

——我完全不知道志保小姐居然和望仔……不对，和望月吃过饭。这可必须告诉希梨香。希梨香前几天还说既然他这么想和女同事们一起用餐，那么下次就由大家一起把他叫出来"宰"上一顿。

望月边小声嘟哝着美华太严格了，边踏出了财务室，而接着又轮到镰本进来了。

"我想报个销。"

"好的。"

真夕答道，同时伸出了手准备接发票，可镰本却无视了她，朝沙名子走去。其实这是常有的事，看来他今天心情糟糕。

"镰本先生，请把发票给我。"

可等沙名子说完后，他还是把发票拿在手里，直勾勾地盯着她，直到她再次催促，他才递出发票。

"我说，森若小姐啊……"

"是去静冈工厂出差的差旅费和会议费是吗？OK了，下个月十号就划款给你。请问还有其他要办的吗？"

"没事……就这样吧……"

"好。"

他的情绪果然很差，报销都处理完了，却还在这里磨磨蹭蹭的不想走。

"镰本先生，有什么事吗？"沙名子问道。

然而过了一会儿，镰本才再次开口："嗯……森若小姐，你知道吗？有本玛莉娜小姐要结婚了。"

"我知道。"

"那就好办了，你也得打起精神来啊。我听说这件事的时候就想好了得来鼓励你一下，毕竟你俩差不多岁数嘛。"

他说着说着，还拍了拍沙名子的肩膀。

——呕，你居然碰森若姐！这是性骚扰啊！太恶心了！而且她和玛莉娜小姐差很多岁好吗？为什么玛莉娜小姐结婚了，你就得来给森若姐鼓劲啊？

这时，坐在沙名子邻座的美华抬头了，正打算发话，沙名子却默默摇摇头，阻止了她。

镰本最近交了个年轻漂亮的女朋友，总在到处炫耀。虽然不知道他俩分没分手，但看他这性格越来越恶劣了，想必交往得并不顺利。

"咦？镰本哥你在这儿啊？部长刚才正找你呢。"

就在真夕担心沙名子而祈祷镰本快走时，那位头发清清爽爽的眼镜小哥——山崎就来了。他的刘海还是那么长。尽管希梨香她们都说他长得很俊俏，不过在真夕眼里，这刘海也太长了，甚至看不见脸。

"森若小姐，能帮忙处理一下报销吗？"

"山崎哥，我来弄就好，请到这边来。"真夕说道。

最近山崎也老是找上沙名子。真夕才刚觉得太阳总算消停了，结果怎么又换了这一位。

——虽说森若姐的眼光应该不错，可还是大意不得。

她认为沙名子配得上更优秀的男人。

比如制造部的铃木宇宙就够格。他品性诚实，而且上妆之后肯定很帅！

制造部正在推进和化妆品公司的合并事宜，按说会有生产制造类部门之间的磨合任务，并决定保留或停运哪些工厂。他们的人手本就不足，而姊崎部长又把工作一股脑都丢给享受科长待遇的铃木，因此估计他现在正忙得不可开交。此外，他还经常会提出一些诉求，比如员工不能光凭被总公司录用就享受优待，应该将在工厂工作的优秀非正式员工转正，给现场作业人员升职，等等。

"呼——今天的报销高峰总算过去了，不过在人事调整全部落实之前，应该还会有很多人来报销吧？"

山崎离开之后，真夕总算松了口气。

新发田部长和勇太郎都去开会了，现在财务室里只有她们三位娘子军。

发票一张接一张地来，分散了她的注意力，很可能导致她在划款和工资计算上出错。这是非常可怕的事情。看来这阵子免不了要加班了。

"是啊，接下来好像还会有各种调动。听说平松由香利小姐也要当科长了。"

"早就该给她升职了。"沙名子刚说完，美华就一脸严肃地插话道，"我以前也说过，这家公司就没有女性担任管理人员。在我们的正式员工里，年纪最大的女性是四十五岁，虽然皆濑织子小姐和平松由香利小姐都有各自的问题，然而她们的实绩是无可挑剔的。我觉得円城格马专务的着眼点具有重大意义。"

"织子姐就不说了，由香利姐其实也想出人头地吗？"

真夕自言自语道。要是单身还好，但由香利可能快要结婚了，一个四十岁的女人，又恰逢新婚，大概很不希望背上一大堆工作吧。

"世人最不该做的，就是像这样剥夺掉女性的野心。"美华凝视着真夕，说道。

"也许吧。啊呀，森若姐说不定也会升职哦！升到主任！"

在不小心惹毛美华之前，真夕赶紧转变了话题。

"怎么可能，我的专业能力还差得远呢。"沙名子苦笑道。

"这难说，好像偶尔还是会有人在三十岁前就当上主任的。勇哥就要享受科长待遇了，所以我琢磨着总公司财务部还是再设一个主任比较好，而我们这里也就数森若姐你最合适啦！"

"哪有的事。"

"不，我也觉得你很合适。"

听到美华这么说，真夕吃了一惊。她年纪比沙名子大，真夕还以为她会坚持说自己才应该受到提拔。

"老虎小姐，你觉得森若姐更适合当主任吗？"

"是的。尽管我们没必要拘泥于惯例或者年资，而且我当然也具备专业能力，不过人的综合能力还包括经验以及信誉，因此非常遗憾，从总体上来看，我作为财务人员还比不上森若小姐。"

"啊……"

"都说了哪有这回事啦，我当个基层员工就够了，而且我们公司的主任津贴也很少。"

"对哦，还有津贴问题呢。光凭那点钱就要增加身上的责任，好像是有些划不来。"

"确实，这也是个必须进行改革的问题。尤其是财务部，虽然责任重大，但却很难体现在成果上。"

美华轻声说道，真夕和沙名子闻言，一起点了点头表示赞同。

——我们难得意见一致呢。

真夕正如此想着，新发田部长回来了。最近他和勇太郎净是到处开会。

"森若，来一下。"

"来了。"

新发田部长在财务室门口招了招手，沙名子合上笔记本电脑，走了出去。

工作已经告一段落，真夕打算去喝点咖啡。新发田部长前几天才刚拜托她把咖啡倒进纸杯，放到小冰箱里备着，还要冻些冰块。不知为何，所有部门人员都可以随意享用部长托她买的东西。

她往马克杯里倒了冰咖啡，又放了些冰块，然后回到座位上，才刚点开一个新文件，太阳就过来了。

"太阳哥，要报销？"

"啊，是，话说——"

太阳有些蠢蠢欲动地看向沙名子的座位。

"森若姐跟新发田部长开会呢，估计很快就会回来的。"

"是吗？呃——真夕啊，森若小姐最近好吗？我看她好像很忙，没出什么问题吧？之前她不是早退过一次吗？"

——他果然在关心森若姐。

"她挺好的。我们平时忙惯了，就在刚才她还说想去旅游呢。"真夕愣愣地答道。

话刚说完，她就想起沙名子最近一直都很强硬，今天可能是有些撑不住了，看起来很累似的。不过对太阳一一说明实在麻烦，于是她便不再理会。

"旅游吗！原来如此……旅游确实不错，而且肯定要在外面过夜吧？"

　　"是啊，马上就到暑期休假了，大家都想把平时积累的压力释放掉呗。这是人之常情。你问这干吗？发票带过来了吗？带来了就请早点交给我。"

　　"没事，我就是有点好奇嘛。哦，发票是吧，给。"

　　他申请的是交通费报销，总让人感觉有些不自然，毕竟他平时都卡着截止期才提交，因此今天过来肯定是为了见见沙名子。

　　——希梨香说太阳哥已经有女朋友了，但这么看来，情报有误啊。他虽然有些轻佻，可感觉不像是会劈腿的人。

　　太阳似乎瘦了一些，身上那套西装还是皱皱巴巴的，可却没有了那股孩子气，已经成长为更好的男人了。

　　镰本其实长得不差，不过整个人越来越不像话，和太阳形成鲜明的对比。

　　——工作热情果然能磨炼男人啊！

　　"山田太阳先生对森若小姐好像格外上心嘛？"

　　等太阳回去之后，美华开口了。

　　"我觉得他大概喜欢森若姐。这心思可真好懂。大概在去年那阵子吧，他还一直烦着我，问我要森若姐的联系方式呢。"

　　"别理他不就行了？"

　　"虽然是挺烦人的，不过他其实很有礼貌，而且有这么一个人在，感觉还能帮森若姐赶赶其他烂桃花。再加上森若姐看起来也不至于嫌弃他。"

真夕一边回答，一边有种不可思议的感觉，心想着自己居然能如此自然地和美华聊天。

最开始她还那么怕美华，现在看来这段经历简直像假的一样。在平时的生活中，她和美华八成毫无交集；就算两人是同班同学，她也不会和美华成为朋友，可如今她们却能友好相处。

——这就是每天八小时共处一室的效果吗？

她再次核对了发票，然后开始喝冰咖啡。冰块已经融化了一半，但咖啡冰冰凉凉的，非常美味。

财务室里的温度一直稳定而舒适，因为房间小，调节起来也方便，和销售部不同。在他们那里，每当有人跑外勤回来，就要把空调开大，然后便会因此和待在公司里负责内务的女性发生争执。

——哪里都会有"战争"，可之后大家又会握手言和。如果真遇上没法和好的时候，那么微笑着无视即可。

天天股份有限公司的财务部——今天也很和平呢。

北京市版权局著作合同登记号：图字 01-2021-4488

图书在版编目（CIP）数据

这个不可以报销.6,财务部的森若小姐 /（日）青
木祐子著；邢利颉译. -- 北京：台海出版社，2021.10
ISBN 978-7-5168-3098-7

Ⅰ.①这… Ⅱ.①青…②邢… Ⅲ.①长篇小说－日
本－现代 Ⅳ.① I313.45

中国版本图书馆 CIP 数据核字 (2021) 第 165410 号

这个不可以报销 . 6 财务部的森若小姐

著　者：[日]青木祐子		译　者：邢利颉	

出 版 人：蔡　旭	封面绘制：uki	
责任编辑：员晓博	封面设计：MF·悬梦	

出版发行：台海出版社

地　　址：北京市东城区景山东街 20 号　　邮政编码：100009

电　　话：010-64041652（发行、邮购）

传　　真：010-84045799（总编室）

网　　址：www.taimeng.org.cn/thcbs/default.htm

E－mail：thcbs@126.com

经　　销：全国各地新华书店

印　　刷：三河市嘉科万达彩色印刷有限公司

本书如有破损、缺页、装订错误，请与本社联系调换

开　　本：880 毫米 ×1230 毫米　　　　1/32

字　　数：178 千字　　　　　　　印　张：7

版　　次：2021 年 10 月第 1 版　　　印　次：2021 年 11 月第 1 次印刷

书　　号：ISBN 978-7-5168-3098-7

定　　价：48.00 元